인생을 시작하는
오늘의 하루

인생을 시작하는 오늘의하루

초판 1쇄 발행 | 2013년 1월 10일
지은이 | 이승순
펴낸이 | 이봉순
펴낸곳 | 다인미디어

주소 | 서울시 중구 예장동 1-51 | 전화 02-2274-7974 팩스 02-743-7615
등록번호 | 제 301-2009-108호
등록일자 | 2009.6.2
ISBN 978-89-87957-76-0 13810

인생을 시작하는
오늘의 하루

이승순 지음

다인미디어

 머리말

행복은 어디에서 오는가?

평온한 마음, 행복한 가정, 충만한 만족감.

사람들은 모두 행복한 꿈을 꾼다. 하지만 현실은 늘 엇나간다. 거센 폭풍이 몰아치는 마음, 가족과 이웃의 고통, 어제와 같은 오늘……, 내일도 다르지는 않을 것이다. 못마땅한 현실이 매일 그대를 힘들게 한다. 인생은 정녕 고통의 바다인가? 하지만 그 모든 골칫거리의 원인을 주위 여건과 사악한 이웃의 탓으로 돌리지는 말기를.

사실, 현실에서의 불균형과 불평등의 해결방법은 모두 그대의 마음에 지니고 있다. 다만 그대는 그것을 제대로 인식하지 못했을 뿐이다. 예컨대, 그대가 지닌 돈이 너무 적어서 불만이라고 치자. 그렇다면 그대는 얼마만큼의 돈이 필요한지 정확히 할 필요가 있다. 더불어 그 돈이 왜 필요하며 돈을 벌기 위해 어떤 노력을 기울였는지 반드시 적어봐야 한다. 그러면 무엇을 어떻게 해야 할지 스스로 알게 될 것이다.

대개의 불행한 감정은 과정을 무시하고 결과만을 놓고 평가하기 때문에 생긴다. 돈을 어디에, 어떻게 쓸 것이며 그렇게 하기 위해서는 얼마의 돈이 필요한지 따져 보지도 않고 막연히 '많은 돈'만을 좇는다면 그대는 늘 불행할 수밖에 없다. 인간의 구체화되지 않은 욕망은 늘 굶주림만 느끼게 할 뿐이다.

인생의 행복도 마찬가지다. 늘 만족스러운 상태는 없다. 매 순간 만족할 수 있다면 그것은 큰 복이다. 그러나 보편적인 사람들은 그러한 일상의 소소한 만족에 이내 지겨워져 다시 일상의 단조로움을 불평할 것이다. 또한 막연한 이웃과의 경쟁심도 그대의 행복을 방해한다. 멋진 집과 멋진 차, 멋진 가구는 그대를 주눅들게 만들기에 충분하다. 하지만 이는 어리석은 마음이다. 타인의 삶에 기댄 그대의 삶은 그대를 더욱 불행하게 만들 뿐이다.

충만하고 행복한 삶의 비밀은 자신의 삶을 찾는 지혜에 달려 있다. 슬기롭게 그대 자신만의 가치를 만들어라. 그리고 그것을 어떻게 얻을 것인지 명확한 계획을 세워라. 그대에게 필요 없는 헛된 미망은 단호히 거절해라. 남의 삶을 기웃거리는 것은 시간낭비일 뿐이다. 그대 삶의 성공과 행복은 좇는 것이라기 보다 그대가 충실한 삶을 살 때 따라오는 것이다. 로마의 철학자 키케로는 이렇게 말했다. '지혜란, 구해야 할 것과 피해야 할 것에 대한 지식이다.' 그렇다. 구해야 할 것과 피해야 할 것을 바로 안다면 완숙한 지혜에 가깝다고 할 수 있다. 또한 그 지혜는 행복으로 향하는 지름길임에 틀림없다.

이 책은 행복을 구하는 지혜의 글을 세 개의 장으로 나누어 구성했다. 첫째 자신을 다스리는 방법, 둘째 사람 사이의 관계를 슬기롭게 헤쳐가는 방법, 세째 보다 높은 차원의 명예를 꿈꾸는 방법을 큰 틀로 나누고, 각 장은 보다 현실감 있는 방법들을 전하고자 노력했다.

마지막으로 당부하고 싶은 말은 실천하지 않는 지혜는 몽상가의 헛된 꿈으로 남을 뿐이라는 것이다. 이 글을 읽는 모든 이들이 보다 나은 삶과 행복을 누리길 기원한다.

– 2012년 5월의 아름다운 날

 차 례

제1부 평화로운 마음의 지혜

제2부 슬기로운 관계의 지혜

제 3 부 명예로운 삶을 위한 지혜

제 1 부

평화로운
마음의 지혜

1. 내게 부족한 것을 찾아라

세상을 살면서 남과 잘 어울리는 것이 현명하다.

이는 온전한 사람이 되는 가장 쉽고 빠른 길이다.

교제는 효과적인 것이며, 관습과 취향을 서로 나누고, 의견과 정신까지도 모르는 사이에 서로 스며들게 된다.

하지만 때로는 자신의 취향과 습관이 다른 사람을 의도적으로 찾는 것도 좋다.

착한 사람들 주변에는 착한 사람들만 있기 마련이다.

만남이 그렇게 이루어지기 때문이다.

그러나 이들의 문제점은 너무 착하다 보니 우유부단하다는 단점이 있다.

과감한 추진력과 돌파력이 없다.

삶의 많은 문제에 유연히 대처하려면 때론 자신과 다른 성향을 가진 사람의 도움이 필요할 때가 있다.

궁극의 조화는 강함과 약함이 함께 어우러지는 것이다.

육체적 조화를 이루는 것은 물론이고 도덕적으로도 조화를 이루어야 한다.

친구와 신하를 선택할 때 이러한 지혜를 신중히 이용하라.

서로 대립되는 것이 잘 어우러질 수 있다면 아주 지혜로운 길
을 걸을 수 있다.

 ## 2. 자신을 사랑하라

자신을 항상 사랑하고 경애하라.

그리고 결코 자신을 값싸게 만들지 마라.

그대의 티끌 하나 없고 탓할 것 없는 행동이 자신의 엄격한 규
범이 되어야 한다.

다른 어떤 외부의 규정보다 우리 자신의 엄격한 판단이 자신
에 대해 엄정한 태도를 취할 수 있어야 한다.

정당하지 않은 일은 엄격한 남의 질책이 무섭고 두려워서가
아니라 자신을 두려워할 줄 알아야 한다.

3. 너 자신을 알라

자신이 가지고 있는 장점을 깊이 스스로 깨달아라.

자신의 탁월한 재능이 무엇인지를 알면 이를 가꾸고 보완하는 것은 결코 어렵지 않다.

자신이 잘할 수 있는 일을 한다는 것은 하늘이 내려준 재능을 따른다는 일이다. 다른 일들은 그 재능을 뒷받침해 줌으로써 그대의 삶을 더욱 빛나게 해줄 것이다.

어떤 사람은 이성이 뛰어나고, 어떤 사람들은 용기가 뛰어나다. 그러나 대부분의 사람들은 자기들의 타고난 재능을 아무렇게 나 다루기 때문에 빛을 내지 못한다.

그대의 감추어진 재능이 무엇인지 모른 채 남이 원하니까 나도 원하는 식의 어리석은 일은 하지 않는 것이 좋다.

그것은 순결한 처녀가 천박한 화장을 하려는 것과도 같다.

그대 내면의 간절한 목소리에 귀를 기울여라.

자신이 진정 원하고 잘 할 수 있는 일을 찾아내 그것을 행하라.

자신의 재능을 발견하고, 집중적으로 발전시켜라.

그러면 성공의 월계관이 그대를 기다리고 있다.

4. 나는 곧 나의 보호자

사람은 항상 자존심을 지켜야 한다.

그대는 자기 자신의 보호자가 되어야 한다.

인생에 있어 모든 행위는 오직 그대의 의지와 결정에 따른다.

그대의 의지와 결정이 얄은 이익을 따른다면 이내 길을 잃을
것이다.

얄팍한 이익은 늘 길거리의 쓰레기처럼 여기저기 늘어져 있기
때문이다.

그것을 줍기 위해 가던 길에서 벗어나면 결국 그대가 가고자
하던 길에서 영영 벗어나고 만다.

엄격하게 자기 자신을 심판하라.

법이 무서워서가 아니라 그대 삶의 완성을 위해 올바른 삶을
지켜나가는 사람이 되어라.

그리고 그대의 자존심을 항상 자랑스럽게 여겨라.

누구보다 보람되고 떳떳할 것이다.

5. 최고가 되려고 노력해라

최고가 되려고 노력해라.

사람이 최고를 꿈꾸는 것은 본능에 가까운 일이다.

그러나 남을 이기기 위해 최고가 되려고 노력하지는 말라.

경쟁심에서 비롯된 노력은 대상이 사라지면 곧바로 모래성처럼 스러지고 만다.

만약 상대에게 뒤처지면 그대의 시기와 질투는 그대의 이성을 파먹을 것이다.

경쟁을 하려거든 부족한 그대의 내면과 경쟁하라.

그리고 최고가 되려거든 구체적인 목표를 세워라.

모든 인간에게 공평한 것은 시간밖에 없다.

나의 한 시간은 똑같이 다른 사람의 한 시간이기도 하다.

의미 없이 보내거나 헛된 것을 좇지 마라.

그 한 시간이 그대의 운명을 결정할 수도 있다.

또한 최고가 되려거든 두려워하거나 싫증내지 마라.

세상에서 가장 큰 공포의 대상은 그대 내면의 두려움이다.

세상에서 가장 큰 공포의 적은 그대 내면의 게으름이다.

그대가 좋아하는 일에 최고가 되려고 노력해라.

두려움도 게으름도 그대의 열정을 이기지는 못할 것이다.

 6. 매력을 지녀라

항상 매력을 몸에 지녀라.

매력은 타인을 끌어들이고 자신을 높이는 효과적인 수단이다.

예절과 환한 미소는 가장 손쉬운 매력의 수단이다.

타인을 향한 친절한 말과 다정한 미소는 그대의 수고를 덜어

줄 것이다.

사람을 잡아끄는 힘을 지니고 있으면 자신의 노력만으로도 남

의 호의를 이끌어낼 수 있다.

혼자 노력하는 것은 인생이라는 거센 강물을 맨몸으로 건너려

는 것과 같다.

사소해 보이는 그대의 매력이 그대에게 배와 징검다리를 마련

해 줄 것이다.

7. 마음이 그 사람을 만든다

화려한 겉모습보다 마음을 채우는 데 힘써라.

건축 자재가 부족하여 다 완성하지 못한 집처럼 세상에는 입구는 궁전 같으나 안방은 헛간 같은 사람들이 있다.

그런 사람에게 오래 머물러 있을 사람은 아무도 없다.

그들은 곧 지루해하고 그를 혐오하게 될 것이다.

아무리 화려하고 값비싼 치장도 내면의 깊이가 없다면 금세 싫증나기 마련이다.

사귈수록 좋은 사람이 되려고 노력해라.

겉모습은 비록 초라할지라도 마음이 깊은 사람은 그 향기가 서서히 퍼져나간다.

그 향기는 그와 헤어진 다음까지도 지워지지 않는 기억으로 남는다.

8. 자신을 새롭게 갈고 닦아라

항상 자신을 새롭게 갈고 닦아라.

이것이 그대를 항상 빛나게 하는 첫 번째 조건이다.

빼어난 외모도 찬란했던 명성도 언젠가는 사라진다.

마치 낡은 옷처럼 흐물흐물 닳아 없어지고 만다.

그대의 탁월한 재능이 세상 사람들에게 식상해지면 다른 새로움에 의해 밀려날 수도 있다.

그러므로 긍정적인 사고방식과 창의적인 발상으로 항상 자신을 재생시키기 위해 노력해라.

낡은 옷을 벗고 새 옷으로 깨끗이 단장하듯 새롭고 빛나는 재능으로 갈아치워서 마치 태양처럼 다시 우뚝 솟아라.

자신을 빛나게 했던 무대도 과감히 바꿔라.

때로는 그 희귀함에 대한 열망이, 때로는 그 새로움에 대한 찬사가 일어나도록.

9. 자신의 단점을 알라

자신의 단점을 인정하라.

이 세상에는 장점이 전혀 없는 사람이 없듯이 단점이 없는 사람도 없다.

단점이 몸과 마음에 습관으로 굳어지면 그것은 마치 독재자처럼 마침내 자기 자신을 유린하고 만다.

그러니 신중하게 그대의 마음과 마주해야 한다.

그 첫 단계로, 늘 상대방의 입장에서 자신을 관찰하라.

자신의 큰 결점을 스스로 확실히 파악하는 방법이다.

두번째 단계로, 오랜 친구에게 그대의 결점을 물어라.

쓴소리를 하더라도 화를 내지 말고 자신의 목소리인 양 고요히 들어라.

주인이라면 당연히 그 집안의 살림을 알아야 하듯이, 자신의 장단점을 아는 것은 매우 중요하다.

마지막으로, 자기 단점을 알았거든 과감히 고치려고 노력해라.

만약 알고도 고치지 않고 스스로 변명거리를 만들어낸다면, 그대의 결점은 그대를 점점 잠식해 귀퉁이가 썩은 사과처럼 마침내 온몸을 상하게 하고 말 것이다.

10. 습관이나 생각을 바꾸어라

자신에게 부족한 점이 무엇인지 살펴라.

그대는 아주 작은 습관이나 생각을 바꾼다면 능히 많은 일을 해낼 수 있다.

사람들은 대부분 자신에 대해 관찰하는 힘이 부족하다.

자신에 대해 관찰력이 부족함으로써 자신의 빼어난 재능을 무능하게 만들기도 한다.

친절함이 부족하여 사업을 망치는 사람이 있는가 하면 실천력이 부족하여 인생을 망가뜨리는 사람, 모든 일에 절제가 부족하여 중독된 사람이 우리들 주위에는 수두룩하다.

자신의 몸과 마음을 조금만 더 깊이 돌이켜보면 이러한 허점들을 어렵지 않게 찾아낼 수 있을 것이다.

천부적인 것에 주의를 기울이면 거기에서 제2의 천성을 만들어낼 수 있다.

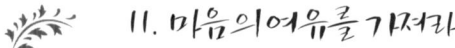

11. 마음의 여유를 가져라

살아가면서 매사에 항상 여유를 가져라.
그래야 그대의 현재 위치와 체면 따위가 안전하다.
자신의 능력과 힘을 한꺼번에 모두 다 사용해서는 안 된다.
나쁜 결과가 예측될 때는 그대를 그 위험으로부터 구원해 줄
수 있는 그 무엇을 가지고 있어야 한다.
구원군은 공격군보다 항상 더 많은 일을 한다.
그것은 신뢰와 굳건함을 보여주기 때문이다.

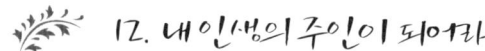

12. 내 인생의 주인이 되어라

자신의 인생에 관한 한 왕이 되어라.
세상의 수많은 지식들은 세상 사람들이 인생을 보다 현명하게
살고 즐기기 위해 존재하는 것들이다.
인생의 첫 번째 여로는 반드시 좋은 지식과 현명한 담론으로

보내라.

우리는 순간을 통찰하고 나 자신을 깨닫기 위해 산다.

그러므로 깊은 철학이나 좋은 지식은 그대를 거친 자연 상태에서 진정한 사람으로 재창조한다.

인생의 두 번째 여로는 살아 숨쉬는 사람들과 섞여 살면서 세상의 가치 있는 것을 최대한으로 느껴라.

좁은 땅 안에서도 우주와 천하 만물의 가치와 이치를 모두 발견할 수 있다.

이 세상을 창조한 하느님은 모든 것을 저마다 정확히 분배하였는데 때로는 풍요로운 사물에 추한 것을 곁들여 놓았다.

그러므로 섬세하고 사려 깊은 안목으로 충분히 살펴라.

삶의 보석들은 도처에 널려 있다.

인생의 세 번째 여로는 내면 탐구를 게을리 하지 마라.

그리고 이 마지막 여행은 자신의 새롭고 다른 삶을 준비하기 위해 사는 것이다.

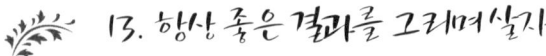 13. 항상 좋은 결과를 그리며 살자

하늘에는 기쁨이, 지옥에는 고통이, 그 중간인 이 세상에는 두 가지 모두가 어지럽게 섞여 있다.

사람마다 주어진 운명은 다람쥐 챗바퀴처럼 계속해서 돈다.

항상 행복한 상태도, 항상 불행한 상태도 계속되지 않는다.

이 세상은 결국 무(無)다.

그 자체로는 아무 가치가 없지만 오직 하늘과 더불어 생각할 때에 훌륭하고 진정한 가치가 있다.

세상을 살면서 자꾸 바뀌는 운명을 평온하게 그리고 즐겁게 받아들이는 자는 진실로 지혜로운 사람이다.

내일의 일을 걱정하는 것은 지혜로운 일이 아니다.

우리 인생은 그런 운명의 소용돌이 속에서 서로 뒤얽히다가 마침내 그 다음의 생을 향해 발전해 간다.

그러니 오직 좋은 결과만을 그리며 살자.

14. 자신의 목적을 잘 파악하라

자신을 알고 자신의 목적을 잘 파악하라.

그대가 사회 속에 발을 내디딜 때는 더욱 중요하다.

세상 사람들은 누구나 자신을 괜찮은 사람으로 생각한다.

게다가 그럴만한 이유가 충분하지 않은 사람들이 특히 그렇다.

누구나 자신의 행복을 확인하고 자신을 경이로운 존재로 여기기 마련이다.

저마다 그 허황된 상상이 현실에 의해 무자비하게 부서지고 나면 고통이 뒤따른다.

지혜로운 자는 그것이 자신의 착각임을 미리 알고 거리를 두고 인생을 살아간다.

세상을 살면서 항상 최고와 최선을 바랄 수는 있다.

하지만 언제나 최악의 상황도 생각해야 한다.

자신에게 어떤 일이 일어나도 평정을 유지하기 위해서는 화살이 적중할 수 있을 정도의 높이에 목표를 두는 것이 좋다.

그러나 너무 높게 잡아 그로 인해 자신의 인생을 완전히 그르쳐서는 안 된다.

어리석음을 방지하는 최고의 만병통치약은 자기통찰이다.

자신의 능력의 한계를 아는 것!

그러면 반드시 자신의 관념과 생각을 현실에 맞게 고칠 수 있을 것이다.

15. 자신의 게으름을 경계하라

결코 한순간도 게을러서는 안 된다.

운명은 장난을 몹시 좋아해 얽히고설킨 일상의 일들을 우연으로 보이게 하다가 갑자기 그대에게 찾아온다.

우리는 항상 지혜 · 기지 · 용기를 가지고 갑자기 찾아오는 운명의 습격에 철저히 대비해야 한다.

젊음도 마찬가지다.

아무런 걱정 없이 지내던 어느 날 무심코 바라본 거울 속에서 자신의 젊음이 사라졌음을 느끼게 된다.

교활한 그대의 운명은 그대의 긴장이 풀어진 순간을 틈타 재빠르게 당신을 냉정한 시험대 위에 올린다.

화려한 축제의 날은 누구에게나 잘 알려져 있다.

그래서 운명의 농간은 이 날을 지나친다.

그리고 그대가 무심하게 지내는 어느 날을 선택해서 예상치 못한 날 곧장 그대를 시험대 위에 올려놓는다.

16. 냉철한 분별력을 길러라

항상 냉철한 분별력을 길러라.

어떤 사람들은 냉철한 분별력을 갖고 이 세상에 태어난다.

그에게는 성공의 길이 이미 반은 주어진 것이다.

대개는 나이와 경험이 이성을 성숙하게 만든 후에 사람들은 비로소 가치가 있는 올바른 판단을 할 수 있게 된다.

그러므로 고집스런 변덕이나 망상은 지혜의 유혹자로 여기며 멀리해야 한다.

특히 나라를 다스리는 일처럼 매우 중요하고 철저한 안전이 요구되는 일에 있어서는 더욱 그렇다.

17. 장래를 예측할 수 있는 힘을 길러라

한때는 말을 잘 하는 것이 큰 기술이었다.

이제는 그것이 필요하지 않다.

남의 속임수를 피하기 위해서는 미래를 잘 예측할 수 있어야
한다.

타인의 속마음을 예측하고 의도를 알아채는 모사꾼들이 있다.

우리가 갈망하는 진실은 늘 그 절반만이 말로 표현된다.

주의 깊은 자는 냉정한 통찰력으로 그것을 곧장 파악한다.

그는 보이는 사물에 대해서는 믿음의 고삐를 세게 당김으로써
천천히 달리게 하고, 보이지 않는 사물에는 곧장 그 믿음에 박
차를 가한다.

18. 항상 자신의
몸과 마음을 살펴라

항상 자신의 몸과 마음을 살펴라.

어리석은 자들은 대부분 허영과 오만 · 고집 · 독선 · 변덕스러운 마음으로 자신을 무장하고 있다.

그는 걸핏하면 남에게 험담을 늘어놓거나 궤변을 내뱉는다.

누가 보아도 어긋난 사고를 가진 것으로 보인다.

이와 같은 정신적 기형은 육체적 기형보다 더 추하다.

정신적 기형은 인간 성품의 본래의 아름다움을 거스르기 때문이다.

스스로를 살펴보는 마음가짐이 없는 자에게는 좋은 벗이 찾아올 수 없다.

그런데도 어리석은 자는 남들이 조롱하리라는 생각보다는 그들로부터 찬사를 받으리라는 착각에 빠져 산다.

그대는 정녕 그렇게 살고 싶은가?

그렇게 살지 않으려면 언제 어느 곳에서든 자신의 몸과 마음을 냉정하게 살펴볼 줄 알아야 한다.

19. 생각은 깊게, 행동은 빠르게

깊이 생각했다면 신속히 행동을 하라.

그렇다고 성급히 하라는 것은 결코 아니다.

성급함은 우둔한 자들이 지닌 성품이다.

그들은 일의 어려움을 이해하지 못하기 때문이다.

이와 반대로 생각이 깊은 자들은 오랫동안 몸을 도사리다 일을 그르치곤 한다.

행동력의 결핍은 때로 올바른 판단과 그 결실을 그르친다.

신속은 행운의 어머니이다.

내일로 일을 미루지 않는 사람은 많은 것을 행하는 사람이다.

급할수록 천천히 하라는 말은 바로 제왕의 좌우명이다.

20. 관용은 아름답다

세상에는 고귀한 마음, 관대한 정신, 폭넓은 아량을 지닌 사람
이 있다.

이것이 아름답게 표현되면 그 이름은 세상에 찬란히 빛난다.

그러나 세상 사람 모두가 이 고결한 마음을 가진 것은 아니다.

이는 정신의 위대함을 전제로 하기 때문이다.

그는 적에게 복수할 기회가 있을 때조차도 자신의 위용을 보
인다.

즉, 그 복수를 회피하는 것이 아니라 승리를 앞두고 폭넓은 관
용을 상대에게 베풂으로써 그 복수의 수레바퀴를 멈추게 하는
것이다.

뛰어난 수완은 외교의 꽃이다.

그러한 사람은 결코 오만하지 않고 승리를 뽐내지도 않는다.

비록 승리를 얻더라도 그의 고귀한 마음은 이를 감춘다.

21. 남이 존경해 주기를 바라지 마라

자신의 신분을 남에게 결코 뽐내지 마라.

내면의 성격이 드러날 때보다 신분이나 위엄이 고스란히 남에게 드러날 때 사람들의 감정은 더 상하기 쉽다.

자신을 세상의 중심 인물로 만들기 위해 힘쓰다 보면 반드시 미움을 사기 쉽다.

할 수 있는 한 타인의 질투를 불러일으키지 않는 것이 좋다.

그러기 위해서는 남이 공경해 주기를 바라지 않는 게 좋다.

공경은 오직 타인의 의사에 달려 있기 때문이다.

공경은 찾아서 구하는 것이 아니라 기다려서 얻어지는 것이다.

높은 지위에 있을수록 그에 걸맞는 성품이 필요하다.

이것 없이는 그 자리는 결코 위엄 있게 수행될 수 없다.

자신의 임무를 잘 수행하기 위해서라도 스스로의 명예를 보존하라.

공경을 받으려고 자신을 내세워서는 절대 안 된다.

이는 그대의 근본 재능에서 저절로 우러나와야 한다.

22. 성급함과 끈기

어려울 때일수록 더욱 분발해야 한다.
어떤 사람은 일을 시작할 때 너무 의욕적으로 추진한 나머지 모든 힘을 다 소진하여 끝을 보지 못한다.
계획은 잘 세우지만 아무런 결과가 없다.
이것은 인내심과 신중함의 부족에서 나온다.
어려움을 극복할 때까지 온 힘을 기울여 일하다가도 일단 어려운 고비를 넘기면 주어진 것에 스스로 만족해서 일을 끝까지 마치지 못하는 경우도 마찬가지다.
충분한 저력이 있는데도 결코 노력하려 하지 않는다.
이것은 능력이 부족해서가 아니라 경솔하기 때문이다.

 ## 23. 영웅과의 공감

세상의 위대한 인물에 깊이 공감하고 그와 감정을 일치시켜라.

영웅과 공감하는 것은 그 자체로 자신에게 영웅의 성품을 부여하는 것이다.

여기에 놀라운 기적이 있다.

그 속에는 비밀스러움뿐만 아니라 유용한 것도 있다.

그 효과는 마치 어리석은 사람들이 마약의 힘으로 돌리는 에너지와도 같다.

이러한 결과는 사람들에게서 마침내 호의와 애착까지 얻을 수 있다.

이는 말하지 않고도 남을 설득하고, 일한 대가 없이도 좋은 결과를 얻게 한다.

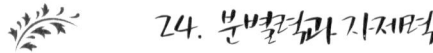

24. 분별력과 자제력

자신의 마음속에 냉정한 분석력을 길러라.

현명한 사람의 분석력은 신중한 사람의 자제력과 같다.

낯선 사람을 분석하려면 고도의 두뇌가 필요하다.

낯선 사람의 성품을 아는 것은 우리들의 삶의 여정에서 매우 중요한 일이다.

쇳소리를 들어 보면 그 쇠의 성분과 품질을 알 수 있듯이, 그의 말을 들어 보면 그 사람의 됨됨이를 곧 알 수 있다.

말은 사람의 올바른 정도를 나타내지만, 그보다 앞서 그의 행동을 나타내는 징표가 된다.

25. 항상 끝을 생각하라

가끔 인생의 끝에 있다고 생각하고 현재를 살펴보라.

우리의 삶은 대개 환희의 문을 지나 행운의 문을 거쳐서 마지막에는 쓸쓸한 퇴장의 문을 반드시 거치게 된다.

그러나 이 세상에는 그 반대의 경우도 많다.

그대는 항상 끝을 생각하고 행복하게 될 것을 그려라.

처음 들어설 때의 환호성은 대단한 것이 아니다.

어쩌면 그러한 갈채는 누구나 받는다.

그러나 물러설 때 받는 갈채야말로 진정으로 위대하다.

왜냐하면 행운이라는 그림자가 물러가는 자의 문까지 따라나서는 경우는 매우 드물기 때문이다.

세상에는 등장하는 자는 후한 대접을 받지만 퇴장하는 자는 무시당하는 경우가 흔하다.

26. 자만심의 나쁜 점

세상을 살면서 결코 매사에 자만하지 마라.

자신에게 만족하는 것은 매우 어리석은 일이다.

자만은 그대의 명예나 위신에 아무런 이익이 되지 않는다.

사람들은 스스로 뛰어난 사람이라 내세우는 사람을 신뢰하지 않을뿐더러 오히려 그의 말과 태도를 불쾌하게 여긴다.

차라리 진부하고 평범한 사람으로 보이는 것이 더 지혜롭다.

칭찬은 스스로 하는 것이 아니라 상대방이 하는 것이다.

상대를 존중하고 자신을 낮추는 것은 스스로의 인격을 높이는 길이다.

상대에게 칭찬을 강요하는 사람들은 자신의 인격을 스스로 떨어뜨리고 있는 셈이다.

게다가 좋지 않은 결과에 부딪혔을 때의 좌절과 비탄은 회복하기 힘든 병이 될 수 있다.

27. 결단력을 길러라

사람에게는 반드시 결단력이 있어야 한다.

이 세상에서 결단력이 없는 것보다 더 파멸적인 일은 없다.

우리 주위에는 결단성이 없어서 늘 타인의 자극을 필요로 하는 사람들이 많다.

이는 판단력과 추진력의 결핍에서 나온다.

판단력은 옳고 그름과 득과 실을 따지는 분별의 능력이며, 추진력은 스스로에 대한 믿음을 행동으로 표현하는 것이다.

끊임없는 공부와 다양한 경험으로 분별력을 키워라.

그러면 강물처럼 유연하고 때로는 거침없는 판단력이 생길 것이다.

또한 그 분별의 삼각주 위에 자신에 대한 확신이 점점 자라날 것이다.

정확한 분별과 확고한 자신감을 바탕으로 결단력은 자연스럽게 터득하게 된다.

28. 의례적인 행동은 삼가라

세상을 살아가면서 형식을 갖춘 행동은 삼가라.
한 나라의 제왕도 체면치레에 빠지면 우습게 망가진다.
그대의 위치에서 매사에 트집 잡기 좋아하는 자는 성가실 것이다.
그러나 세상 사람들은 대체로 이런 버릇을 갖고 있다.
우둔한 자의 옷은 그런 나쁜 버릇으로 기워져 있다.
형식을 갖춘 예의는 지킬수록 좋다.
그렇지만 거창하게 정의를 위해 마음을 표현할 필요는 없다.
사람은 아무런 형식을 차리지 않을 때 사실 더 빼어난 미덕을 필요로 한다.

29. 자제력의 힘

인간은 매사에 자제력을 길러야 한다.

오랜 시간의 평정보다 일순간에 솟아오른 분노와 기쁨이 더욱 위험하다.

때로는 그 일이 평생 동안 살아가는 데 걸림돌이 될 수도 있다.

내면의 나쁜 뜻은 때로 그대의 이성을 그런 식으로 마구 뒤흔들어 놓는다.

악의는 그대의 정신 깊은 곳을 찾아서 어떠한 지혜라도 스스로 궁지에 빠지게 하는 비밀 도구가 될 수도 있다.

말이나 행동을 꺼내는 사람은 이를 대수롭지 않게 여기지만, 그와 반대로 그것을 받는 사람은 언제나 이를 마음속 깊이 생각한다.

30. 성공에 너무 집착하지 말라

지금보다 더 즐기고 적게 노력하라.

사람들은 분별없이 곧잘 거꾸로 말한다.

때로 할일 없이 보내는 것이 무의미한 번잡함보다 낫다.

우리가 가진 것이라고는 시간밖에 없다.

불필요한 분주함을 줄이고 자신이 진정 원하는 일에 효율적으로 매진하라.

귀중한 시간을 기계적인 일이나 너무 고상해 보이는 일로 보내는 것은 참으로 매우 불행한 일이다.

사람들이 흔히 말하는 성공에 매달리지 마라.

같은 것을 많은 사람이 바란다는 것은 죽고 죽이는 치열한 생존경쟁을 의미한다는 사실을 명심하라.

그대가 허울 좋은 그 목표를 향해 달릴 때, 바로 뒤에 쫓아오는 다른 경쟁자는 그대의 발을 걸어 넘어뜨릴 궁리만 할 것이다.

31. 마음을 활짝 열어라

항상 통찰력을 갖추어라.

통찰력이 없다면 그것을 가진 자에게 스스로를 낮춰 질문하라.

스스로 지혜가 있는 자는 남의 도움 없이는 살아가기 어렵다는 것을 잘 알고 있다.

우리는 자신의 무지를 잘 알지 못한다.

어떤 사람들은 자기들이 안다고 굳게 믿지만 그 믿음 또한 무지일 가능성이 높다.

단단하게 굳어 있는 사고는 고칠 약이 없다.

무지한 자는 자신을 스스로 알고자 하지 않으므로, 자신에게 모자라는 것을 결코 찾으려 하지도 않는다.

사실은 자신 스스로 현명하다고 믿지 않는 태도야말로 가장 현명한 일이다.

남에게 충고를 구한다 해서 자신의 위신이 떨어지지는 않는다.

오히려 통찰력이 깊은 사람의 충고를 잘 받아들일 때 그의 능력이 증명되기도 한다.

32. 행복을 얻는 방법

행복을 얻는 데는 나름대로 방법이 있다.

지혜로운 사람에게는 모든 일에 우연이라는 것은 없다.

언제나 노력이 행복을 뒷받침한다.

어떤 사람들은 문턱에서 행복의 여신이 문을 열어 주기를 기다리기만 한다.

그리고 어떤 사람들은 투사와 같이 앞서 달리며 자신들의 영리함과 대담성을 증명하려 한다.

그들은 용기의 날개를 달고 성급히 여신 앞에 날아가 그녀의 은총을 얻으려 한다.

하지만 깊이 생각해 보면 사랑과 베풂 외에 행복의 여신에게 이르는 길은 그 어느 곳도 없다.

사람은 누구나 자신이 지혜로운 만큼 행복하고, 지혜롭지 못한 만큼 불행하다.

33. 여유로울 때 궁핍함을 대비하라

그대가 기울어지는 때를 알아차려라.

세상의 누구에게든 그런 때가 찾아오기 마련이다.

그때는 제아무리 상황을 뒤집으려 해도 재난은 계속된다.

지혜조차도 밀고 들어오는 재앙 앞에 힘없이 무릎을 꿇는다.

아름다움, 사랑, 행운 그 어떤 것도 영원히 지속되지 않는다.

하지만 어떤 사람들은 사소한 노력만으로도 위기를 잘 극복해
나간다.

그 사람에게만 행운이 깃드는 것이 아니다.

이들에게는 모든 것이 이미 준비되어 있기 때문이다.

볕이 들 때 빨래를 말려야 한다.

그렇지 않으면 묵은 빨래에서 곰팡이만 자랄 것이다.

다음 날 역시 볕이 드는 행운은 반복되지 않는다.

34. 스스로 불행을 만들지 마라

자기 스스로 불행을 만들고 있는지 항상 세밀하게 점검하라.

이것은 바람직한 삶의 지혜이다.

나쁜 소식은 남에게 전하지 않는 것이 좋다.

더구나 그런 소식을 듣는 것은 피하라.

자신과 남에게 도움이 되는 소식이 아니라면 거부해야 한다.

어떤 사람들은 아첨에만 귀를 기울이고 험담만을 좋아한다.

매일 화나는 일이 한 가지라도 없으면 못 사는 사람도 있다.

증오와 분노의 독이 온몸에 퍼져 중독된 사람들이 그렇다.

어떤 사람이 자신과 가깝다고 해서 그 사람의 마음이 상하지 않을까 말하지 못하는 것 또한 상대방이나 그대에게 전혀 도움이 안 되는 경우가 있다.

항상 타인에게는 기쁨을, 자신에게는 고통을 주라는 금언이 있지만 옳지 않은 일까지 상대방의 마음을 배려할 필요는 없다.

35. 생각의 순서

매사에 넓고 깊이 생각하는 습관을 길러라.

사람들은 깊게 생각하지 않고 경솔히 판단한 결과 때문에 실패를 맛본다.

그러나 깊게 생각했음에도 실패하는 경우가 있다.

한두 가지는 깊게 생각했어도 넓게 두루 살피지 않은 결과다.

너무 사소한 일이라 별 것 아니라고 생각하여 눈앞의 결과에만 집중하다 보니 다음 순서의 일을 간과한 것이다.

옛 말에 첫 단추를 잘 끼우라는 말이 있다.

단추는 끼웠으나 그 순서가 잘못되면 영영 일이 틀어지고 만다.

먼저 일의 전말을 살펴야 한다.

그리고 나서 차례를 정하여 순서에 맞는 신중한 판단을 내려야 한다.

당장의 이익에 집착하다 보면 나중에 큰 손해를 보는 일들이 너무도 많다.

36. 짧은 지혜와 긴 지혜

자신의 마음속 지혜를 구분하라.

어떤 사람들은 일을 하는 데 있어 생각이 너무 많아 일을 그르치는 경우가 있다.

그러나 어떤 사람들은 사전에 심사숙고하지 않고서도 일을 간단히 해치운다.

자신이 궁지에 몰려야 뭔가를 해내는 천재적인 사람들도 있다.

그들은 임기응변으로 기막히게 잘 대처하지만 길게 생각하면 아무것도 하지 못하는 괴물들이다.

어리석은 모사꾼들은 머리에 즉시 떠오르지 않는 것은 그냥 흘려보낼 때가 많다.

자신만을 위하는 지혜는 짧다.

하지만 모두를 위하는 지혜는 길다.

자신만을 위한 지혜는 스스로 고립되고, 모두를 위한 지혜는 날로 스스로를 완성시킨다.

37. 인내와 지혜

작은 문제일수록 진지하게 잘 살펴라.

우리에게 행운이 혼자 찾아오지 않듯이 재앙도 결코 혼자서만 찾아오지 않는다.

그러니 불행이 잠자고 있을 때는 절대로 깨우지 마라.

그 끝이 어디인지 알 수 없는 불행 속으로 빠져들어 가기 때문이다.

행복은 결코 실현되지 못하듯이 재앙도 결코 끝나지 않는다.

하늘이 베푸는 일에는 인내심을 갖고, 세상의 일에는 지혜를 갖고 조심스럽게 행동하라.

38. 지혜로운 사람은 침묵한다

대부분의 사람들은 누가 자신의 의견에서 벗어나면 이를 모욕으로 받아들이기 쉽다.

자신의 생각이 상대에게 무시당한다고 느끼기 때문이다.

진리는 오직 소수만을 위해 있고, 기만은 비천한 만큼 널리 퍼져 있다.

저잣거리에서 함부로 떠드는 자를 현명한 사람으로 받아 줄 사람은 드물다.

자신의 목소리로 말하지 않고 어리석은 지식을 앵무새처럼 내뱉고 있기 때문이다.

사람의 생각은 저마다의 자유이다.

거기에는 어떤 완력도 주어질 수 없고 주어져서도 안 된다.

따라서 지혜로운 자는 침묵의 성역으로 몸을 숨긴다.

간혹 자신을 이해하는 사람들에게만 의견을 드러낼 뿐이다.

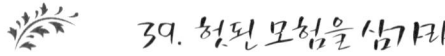 39. 헛된 모험을 삼가라

오래 묵어서 썩은 것을 피하기 위해 원칙에서 벗어난 선택을 하지 마라.

진부한 것도 변칙적인 것도 맨 끄트머리이다.

변칙은 곧 부질없는 모험이며, 그 모험은 끝이 좋지 않다.

원칙에서 벗어난 행동은 눈가림하는 것이나 다름없다. 다분히 기만적이다.

처음에는 신선하고 짜릿한 맛이 있는 것처럼 느껴지지만 그 맛이 사라지면 반드시 나쁜 결과가 기다린다.

슬기로운 계략은 뛰어나지만 속이 넓지 못한 사람이나 자신의 역량이 부족한 사람은 변칙적인 방법을 곧잘 시도하곤 한다.

어리석은 사람들은 그것에 몹시 놀라고 감탄하지만 현명한 사람들은 이를 경고한다.

변칙은 대체로 사실과 다른 잘못된 판단에서 나온다.

그리고 간혹 그 말의 근거가 불확실하기 때문에 중요한 일에는 반드시 큰 함정이 될 수 있다.

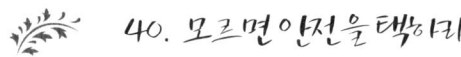 ## 40. 모르면 안전을 택하라

추진하는 일에 있어 잘 모르면 가장 안전한 쪽을 택하라.

그럼으로써 사람들이 그대를 든든한 동반자로 생각하게 할 수 있다.

모든 일에 잘 모르면서 저돌적으로 모험을 감행하는 것은 스스로 자신의 무덤을 파는 격이다.

자신이 옳다고 생각한 것을 꽉 붙들어라.

이미 객관적으로 옳고 확고한 것은 절대로 일을 그르칠 염려가 없다.

사실은 잘 알거나 모르는 것은 별개의 문제이다.

평범한 것이 어떤 특수한 것보다 안전하기 때문이다.

 ## 41. 오만과 편견

타인을 결코 냉정하게 대하지 마라.

무뚝뚝함과 불친절은 자기 자신을 잘 알지 못한 마음에서 오는 잘못된 것이다.

잘 알지도 못하는 사람에게 냉정하게 대함으로써 그를 화나게 하는 것은 바보나 하는 짓이다.

그런데도 늘 자신의 고결함에 스스로 사로잡힌 도도한 사람이 있다.

자신의 가혹한 운명에 처해 어쩔 수 없이 그에게 조언을 구하거나 도움을 받고자 하는 사람은 마치 호랑이와 싸울 때처럼 공포에 사로잡혀 마음의 무장을 단단히 하고 그에게 다가가야 한다.

그런 냉정한 사람의 마음은 다른 사람들의 호감을 사는 법을 알고 있지만, 자신의 어설픈 위치나 오만한 생각에 사로잡혀 사람을 냉담하게 대함으로써 자신의 존재감을 확인하려는 유치한 마음일 뿐이다.

이런 사람은 늘 자신보다 지위나 생각이 높은 사람 앞에서는 아첨꾼이 되고 만다.

결국, 미숙한 그의 태도는 자신의 본색을 드러내 스스로 아침이슬처럼 부질없이 사라지고 말 것이다.

42. 순간에 휘둘리지 마라

교제에서도, 우정에서도 순간적인 감정에 휘둘리지 마라.
어떤 교제와 우정은 아주 쉽게 깨져 주변 사람들을 어리둥절
하게 만든다.
그것은 상대방에 대한 절제와 배려를 잊었기 때문이다.
오래 사귀고 경계심이 풀어지다 보면 상대방의 사소한 농담이
나 진담도 견디지 못하고 폭발하고 만다.
잘 알고 있다고 생각하는 순간부터 상대방과는 다른 생각을
하기 때문이다.
그리고 처음 사귈 때의 배려와 절제를 잊고 나를 먼저 생각하
기 때문이다.
잘 안다고 여겨 당연히 그럴 거라 생각할수록 예의를 갖춰라.
서로의 마음은 수시로 바뀌기 마련이고 항상 그런 것은 없기
때문이다.

43. 통찰력을 길러라

매사에 있어서 통찰력으로 신중하게 행동하라.

모든 고집은 정신의 낡은 굳은살이요, 눈을 가리고 날뛰는 열정의 결과이다.

세상에는 매사에 분쟁거리를 만드는 사람들이 있다.

그들은 인간관계에서 오직 승리만을 마음에 둔다.

그들은 무리를 모아 마침내 당파를 만들고 자신에게 불리한 사람들을 적으로 삼는다.

그리고 약자들의 무덤 위에 자신들의 왕궁을 만든다.

이익이 있는 곳에는 반드시 분쟁이 있다는 점을 명심해야한다.

통찰력이 있는 사람이라면 그 이익이 자신에게 합당한지 먼저 살펴야 할 것이다.

분에 넘치는 이익을 탐하면 반드시 그 대가를 치른다.

그럼에도 그것을 얻고 싶다면 고집과 맹목을 버려라.

거센 저항에 맞닥뜨리면 유연히 굽힐 줄도 알아야 한다.

기다리며 통찰하라.

그대를 위한 때가 준비되었을 때 주저 없이 잡아라.

44. 보편성의 미덕

세상을 살면서 항상 치우치지 않는 보편성을 지녀라.

보편적인 것이 가장 설득력이 높은 법이다.

누구와도 비교할 수 없는 독창성의 기반도 보편에 있음을 알아야 한다.

보편을 기반으로 하지 않는 독창성은 고립을 자초하는 일일 뿐이다.

어리석은 독창성은 늘 자신이 최고라고 착각한다.

이들은 타협을 모르고 독선적이며 배타적이다.

때문에 결국 그들은 스스로 고립을 자초하며 모든 문제의 탓을 세상으로 돌린다.

자신이 항상 옳다고 믿는 일이라도 주위의 의견에 귀 기울여 수용할 줄 알아야 한다.

타인의 의견을 듣는다고 그대의 위신이 깎이는 일은 없다.

남의 의견을 배척하는 일은 스스로 부족함을 드러내는 일이다.

주위의 의견이 그러하다면 싫더라도 그렇게 따르라.

그것이 옳은 일이다.

45. 예의는 명약이다

정중하게 예의를 갖추어라.

상대에게 호감을 얻는 데는 예의가 최고의 약이다.

예의는 곧 교양에서 나온다.

이는 사람의 호의를 얻는 일종의 명약이다.

반대로 무례함은 상대로부터 경멸과 반감을 산다.

무례함이 자만에서 나오면 혐오스럽고, 천함에서 나오면 경멸스럽다.

소극적인 예의보다는 약간 지나친 예의가 낫다.

정중함은 상대에게 자신의 가치를 보여주는 큰 힘이다.

돈이 드는 일 없이 자신에게 많은 도움이 될 것이다.

남을 존경하는 자는 남으로부터 스스로 존경을 받는다.

명예는 바로 그것을 보여주는 사람에게 머문다.

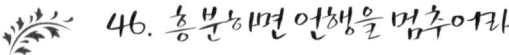

46. 흥분하면 언행을 멈추어라

화가 나서 흥분했을 때는 즉시 자신의 언행을 멈추어라.

그렇지 않으면 한순간에 모든 것을 잃어버릴 수 있다.

사소한 기척에 놀라지 않는 사자가 되어라.

자신을 다스리지 못하는 사람은 자신을 위한 행동을 하기 어렵다.

그럴 경우에는 자신을 위해 분별 있고 냉정한 중개자를 내세워라.

그것은 문제를 풀어 가는 삶의 지혜이기도 하다.

연극에서도 관객이 배우보다 더 침착하기 때문에 연기자보다 더 많은 것을 볼 수 있다.

47. 과장은 거짓의 형제

세상의 모든 일에 있어 함부로 과장하지 마라.

어떤 대상이나 사람에 대해 최고를 붙이는 것은 몹시 위험한 일이다.

인류의 역사가 진행되는 한 최고는 항상 변한다.

진리를 손상하지 않기 위해서 또는 그대의 가치를 떨어뜨리지 않기 위해서 항상 신중한 말을 하여라.

과장된 칭찬은 잠시나마 사람을 들뜨게 하고 그 욕구를 부채질한다.

그러나 칭찬받은 사람은 결국 그것이 헛된 것임을 이내 눈치챈다.

그러면 그것이 말뿐인 허울임을 깨닫고 거짓 칭찬한 사람을 신뢰하지 않게 될 것이다.

과장은 거짓의 형제이다.

상대에게 과장된 칭찬을 함으로써 그대의 좋은 평판을 잃게 되는 헛된 모험을 하고 싶은가.

48. 열정의 덫

매사에 열정을 품고 일과 마주하는 사람의 모습은 보기 좋다.

하지만 지나친 열정은 때로 그 사람을 망치기도 한다.

한 사람이 할 수 있는 일의 역량은 대개 비슷비슷하다.

그대가 현명하다면 자신의 열정의 한계를 알 것이다.

모든 일에 열정을 보이는 사람은 너무 많은 것을 가지려다 오히려 모두 놓치게 된다.

그런 노력이 자신의 건강을 해칠 뿐만 아니라 많은 사람에게 미움을 사기도 한다.

어떤 일에도 쓸모가 없는 사람은 불행한 사람이다.

하지만 모든 일에 일부러 쓸모를 증명하려는 사람은 더 불행하다.

굽이치는 강도 급하게 흐를 때가 있는가 하면 천천히 흐를 때가 있다.

천천히 흘러야 하는 곳에서 급하게 흐르려 한다면 반드시 문제를 일으킬 것이다.

그러므로 분수를 지키는 것이 좋다.

완벽함 자체에도 반드시 지나침이 있으니 이를 표현할 때는 부디 자제하라.

자신을 돋보이게 하는 데 인색하면 그 가치는 더욱 높아진다.

잘 익은 벼는 고개를 숙임으로써 농부에게 수확의 기쁨을 선사한다.

49. 지나침을 경계하라

상대에게 특별한 사람인 체하지도, 일부러 그렇게 보이려고 애쓰지도 마라.

어떤 사람들은 자신의 이상한 연출로 사람들의 시선을 끈다.

제정신이 아닌 태도 같은 것이 그 대표적이다.

이는 특출한 개성이 아니라 자신의 본연의 개성에게 침을 뱉는 모욕일 수도 있다.

외모가 몹시 추해서 세상에 알려지는 사람이 있듯이 태도가 지나치게 상스러워서 알려지는 사람도 있다.

그러나 그뿐, 사람들의 호감은 그대의 기대를 넘어서는 경우는 거의 없다.

자신의 있는 그대로의 모습으로 살아간다면 사람들은 반드시 그대를 있는 그대로 봐 줄 것이다.

50. 삶에서 중요한 것

얼핏 이 세상은 진실한 거래의 시대는 끝나고 좋은 친구는 적으며 일에 대한 대가가 터무니없이 적다고 느껴질 수도 있다.

더 심한 일도 얼마든지 있다.

하지만 불공평하다고 좌절하지는 마라.

모든 것은 가치의 문제이다.

그대의 삶에 있어 진정 중요한 가치가 무엇인가를 먼저 살펴야 한다.

삶을 이어가는 데 재산이 차지하는 비중이 높은 것은 맞다.

하지만 불공평을 탓하기 전에 만족하는 법을 먼저 배워야 할 것이다.

주체하지 못할 재산을 벌었다고 치자.

그 재산으로 무엇을 할 것인가?

실컷 자랑하고 비싼 물건을 사고 난 후에 그대에게 남는 것은 무엇인가?

사람들이 그대의 재산에 더 이상 흥미가 없을 때 그대는 무엇으로 공허한 자신을 달랠 것인가?

만족하고 베푸는 삶이 더 아름다운 것임을 깨달았을 때 그대는 이미 늙어 있을 것이다.

51. 자신을 관찰하는 지혜

자신의 몸과 마음을 항상 관찰하라.

세상의 속된 미망에 결코 흔들리지 않으면서 마음의 중심을 잡고 있는 자가 진정으로 훌륭한 사람이다.

자신을 관찰하는 것은 그 자체가 지혜이고 자기 인식은 곧 자기 개선의 출발점이다.

세상에는 늘 혼란스런 변덕에 빠지고 취향 역시 자주 바뀌는 불협화음의 괴물이 곳곳에 도사리고 있다.

마침내 방탕한 편애는 의지를 파멸시키고 이성을 파괴한다.

그대의 의지와 올바른 인식이 그로 인해 뒤틀리고 만다.

먼저, 자신의 욕망을 정확히 인식하라.

자신이 원하는 것이 무엇인지를 알아야 자신을 컨트롤할 수 있다.

자신이 원하는 것을 알았다면 그것을 객관화시켜라.

즉, 내 욕망이 내 가족과 내가 속한 집단에 어떤 영향을 미치는지 곰곰이 생각하라.

내 욕망이 가족과 집단에 이익이 된다면 그대로 따라도 되지만, 전혀 도움이 되지 않는다면 신중히 판단해야 할 것이다.

내 욕망으로 인해 가족과 집단이 고통받는다면 하지 말아야 한다.

하지만 내 욕망이 가족과 집단의 이익에 도움이 된다면 망설이지 말고 행동해라.

그것이 현자의 길이다.

52. 자신의 마음의 소리를 들어라

자기 마음을 믿어라.

마음은 스스로 가야 할 방향을 알고 그대에게 속삭일 것이다.

깊게 생각한 다음, 그것이 헛된 욕망에서 비롯된 것이 아니라면 그 마음의 충고를 귀담아 들어라.

그대의 깊은 진실한 마음은 때로 무엇이 가장 중요한지를 사전에 알려 준다.

그것은 마음의 진실한 예언자이다.

많은 사람들은 천부적으로 참된 자아를 갖고 있다.

참된 자아는 자신에게 불행이 다가올 때면 사전에 예방하라고 그대에게 경고한다.

그대의 참된 자아 즉, 진실한 마음의 소리를 듣지 못하고 사는 것은 소중한 보석을 보이지 않는 선반 위에 아무렇게나 방치하는 것과 같다.

53. 자신의 능력을 살펴라

자기 자신을 잘 알아야 한다.

자신을 먼저 파악하지 않고는 아무도 자신의 진정한 주인이 될 수 없다.

무슨 일을 하기 전에 반드시 자신의 능력과 분별력, 장단점을 파악하라.

능력에 맞지 않는 일이라면 그대는 책임질 일이 한층 많아질 것이다.

분별하지 못하면 타인에게 끌려가거나 망설이다 끝날 것이다.

자신의 장점과 맞지 않는 일이라면 그대가 먼저 지칠 것이다.

자신의 단점을 알지 못하면 그대는 인정받지 못할 것이다.

자신의 역량이 어떤지 잘 살펴보고 모든 일을 감당할 자신의 능력이 어느 정도인지 분명히 탐지하라.

자신을 아는 것은 세상의 모든 지식을 아는 것보다 더 값지다.

54. 자신에게 당당하라

말과 행동을 당당하게 하라.

그대가 세상을 살면서 항상 이런 자세를 유지할 수 있다면 모든 사람들로부터 곧 명망과 존경을 한꺼번에 얻을 수 있다.

당당함은 공장에서 제조되는 상품이 아니다.

당당함은 내면의 충일함과 아울러 사람들의 호감과 그 호감이 주는 에너지를 먹고 자라는 식물과도 같다.

당당함은 내면의 승리이자 곧 외양의 아름다움이다.

사람들의 마음을 사로잡는 것은 참으로 위대한 승리다.

당당함은 어리석은 불손함이나 나쁜 마음에서 나오는 것이 아니라, 자신의 능력과 한 일에 바탕을 둔 탁월하고 따뜻한 마음에서 나오기 때문이다.

55. 자신의 재능을 뽐내지 마라

자신의 재능이 많을수록 결코 뽐내지 마라.

이는 알아주지도 않을뿐더러 볼품없는 일이다.

인사치레라는 것은 행하는 사람에게는 괴롭고 보는 사람에게는 역겨울 뿐이다.

신경을 써서 인사치레하는 것은 마치 고문 같은 일이다.

일을 잘 처리하는 사람일수록 그것이 마치 자신의 천성에서 우러나온 자연스러움으로 보이게 하기 위해 그 안에 들인 노고를 감춘다.

현명한 자는 자신의 장점을 일부러 드러내지 않는다.

그가 자신의 재능에 짐짓 신경쓰지 않을 때 다른 사람들이 그것을 발견해 주고 흠모해 준다.

모든 완벽성을 잘 갖추고 있되 스스로 그렇게 생각하지 않는 자는 갑절로 훌륭하다.

그러면 사람들이 그에게 더욱 찬사를 보낼 것이다.

56. 근면과 재능을 갖추어라

부지런함과 재능을 동시에 갖추기에 힘써라.

둘 중 하나라도 있으면 그대의 삶은 풍요로울 것이다.

평범한 머리를 가진 보통 사람도 부지런하면 그렇지 못한 사람보다 더 앞서 갈 수 있다.

그러나 근면함은 변화에 둔감하다.

갑작스레 환경이 변하면 그 근면함은 한순간에 쓸모없는 것이 되어버릴 수도 있다.

뛰어난 재능은 뒤에서 불어오는 바람처럼 놀라운 속도로 그대를 달리게 할 것이다.

하지만 그대가 그 재능만 믿고 기회만을 엿보는 사람이 된다면 언젠가 게으름이 그대를 좌절하게 만들 것이다.

근면과 재능은 항상 함께 있을 때 빛이 난다.

57. 말과 행동이 그대를 만든다

그대의 말과 행동이 그대를 만든다.

입으로는 훌륭한 것을 말하고 행동은 진중하게 하라.

말은 두뇌의 완성을, 행동은 마음의 완성을 드러낸다.

이 모든 것은 곧 고상한 정신에서 나온다.

말은 행동의 그림자이다.

말이 여성적이면 행동은 곧 남성적이다.

상대에게 명성을 주는 사람보다 명성을 받는 사람이 되라.

말은 쉽고 행동하기는 매우 어렵다.

행동이 삶의 본질이면 말은 장식품이다.

뛰어난 행동은 뒤에 남지만 말은 곧 덧없이 사라진다.

행동은 생각의 결실이므로 생각이 지혜로우면 행동은 곧장 성공으로 향한다.

58. 하소연의 병폐

잠시 곤란을 겪더라도 남에게 하소연하지 마라.

하소연은 대부분 그대의 위신을 떨어뜨릴 뿐이다.

정녕 울고 싶으면 혼자 울어라.

화가 치밀어도 배짱을 보이는 것이 자기연민에 빠져 주어진 것을 한탄하는 것보다 훨씬 낫다.

사람들은 자신들이 겪은 부당함을 남에게 하소연하여 본의 아니게 새로운 부당함의 계기를 만들기도 한다.

또 타인의 도움과 위안을 받으려다가 그들로부터 경멸을 사는 경우가 많다.

차라리 한 사람에게서 얻은 호의를 다른 사람에게 자랑하여 그에게도 비슷한 호의를 얻도록 하라.

그것이야말로 한 발 더 나아가는 삶의 수단이다.

자리에 없는 사람들에게 감사함으로써 그 자리에 있는 사람도 그런 감사를 받고 싶어하도록 하라.

 ## 59. 자아도취는 버려라

자신의 생각과 느낌에 지나치게 빠지지 마라.

자신에게는 아무리 흡족한 생각도 다른 사람에게는 그저 흔한 이야기에 지나지 않을 수도 있다.

문제는 자기 자신에게 도취한 사람은 결코 다른 사람의 말을 귀담아 듣지 않는다는 것이다.

상대에게 말하면서 동시에 듣는다는 것은 결코 쉬운 일이 아니다.

또 자신하고만 이야기하는 것이 어리석듯, 남 앞에서 항상 자신의 이야기에만 빠져 있는 것은 더욱 어리석은 일이다.

 ## 60. 마음을 과학자처럼 살펴라

자신과 타인의 마음을 잘 관찰하라.

대부분의 사물은 그 겉과 속이 엉뚱하게 다르다.

그래서 껍질만 보다가 그 속을 살피게 되면 착각은 사라진다.

착각은 껍질만을 봄으로써 생긴다.

그런데 세상 사람들은 대개 피상적인 것을 빨리 받아들인다.

그러나 참되고 옳은 것은 깊숙이 자신을 숨긴다.

그것을 유심히 살펴보기 위해서는 뒤로 물러서서 과학자처럼 꼼꼼하게 살펴야 한다.

 ## 61. 자신에게 만족하라

항상 자신에게 만족하라.

세상을 살아가면서 매사에 스스로 만족했던 철학자 디오게네스가 세상을 떠났을 때 그는 자신 안에 모든 것을 갖고 있었다.

그대에게 전 세계를 줄 수 있는 박학하고 전능한 친구가 있다면 그런 친구에게 걸맞는 친구가 되고자 노력하라.

그러면 틀림없이 그대가 추구하는 삶이 든든해질 것이다.

이 세상에 자기 자신의 성품보다 더 위대한 성품이 없고, 자신의 취향보다 더 올바른 취향이 없는데 누구를 더 아쉬워하겠는가.

진정한 자아를 찾아서 자신을 의지할 수 있을 때 최고의 존재
와 비슷하게 될 것이며, 이는 곧 최고의 행복을 의미한다.

62. 평화로운 마음을 가져라

매사에 평화로운 마음을 가진 자가 오래 산다.

어떤 대상이든 자신의 삶을 즐기게 내버려두라.

평화로운 자는 스스로 살 뿐 아니라 자신에게 군림한다.

세상에서 많은 것들을 보고 듣고 그리고 침묵을 지켜라.

낮에 싸움이 없으면 밤이 깊고 고요하다.

세상을 기분 좋게 사는 것은 형제와 이웃을 위해 사는 것이며,
그것은 곧 평화의 결실이다.

매사 사소한 일을 다 기억하고 가슴에 담아두려고 하는 것보
다 더 자신을 해치는 일은 없다.

63. 그대의 마음은 충실한가

항상 마음이 충실한 사람이 되라.

마음이 충실한 사람은 자신의 일에 이득이 되든 안 되든 늘 한결같다.

마음이 한결같지 않은 사람은 이득에 의해 갈대처럼 움직인다.

그들은 가슴에 항상 망상을 품어서 기만을 낳고 그들과 비슷한 사람을 찾아 서로 관계를 맺는다.

그들은 대체로 불확실한 기만을 확실한 진실보다 선호한다.

상대를 기만하는 성품은 계속 더 많은 기만을 필요로 한다.

그 모든 것이 망상에 의한 것들이어서 반드시 처참한 추락이 기다리고 있는데도 그들은 일시적이고 자유로운 허공의 느낌을 탐닉한다.

하지만 모래 위의 누각은 결코 오래 지속되지 못한다.

진실로 그대가 원하는 것이 무엇인지 깨닫는 것이 중요하다.

그리고 그것이 왜 그대에게 필요한 것인지 성찰해야만 한다.

그래야 그대의 마음에 중심이 설 것이다. 그 중심에 충실하라.

그것이 그대가 진정 원하는 것이기 때문이다.

64. 남의 약점으로
자신을 위로하지 마라

남의 약점을 들추지 마라.

타인의 잘못에 관심이 쏠리는 것은 곧 자신의 잘못이 그 이상
으로 많다는 뜻이다.

어떤 사람은 다른 사람의 잘못으로 자기 잘못을 감추거나 씻
어내려 하고 아니면 그것을 통해서 자신의 위안을 찾는다.

하지만 이는 오직 자신의 무지에 대한 위안일 뿐이다.

이 세상에 잘못이 전혀 없는 사람은 아무도 없다.

우리의 삶은 실수의 연속이라 해도 과언이 아니다.

누구에게나 실수는 있다.

내 그림자에 쌓인 실수를 보지 않고 남의 그림자에 쌓인 실수
만 지적한다고 해서 그대의 실수가 가려지지는 않는다.

현명한 자는 결코 남의 잘못을 기록하거나 들추지 않는다.

오히려 자신의 실수에는 엄격하고 타인의 실수에는 관대해야
할 것이다.

사람 사이에는 굳이 말로 표현하지 않아도 알 수 있는 것들이

있다.

아무리 말로 진실을 가리려 해도 그 진실은 모두가 알고 있다는 점을 명심해야 한다.

 ## 65. 기다림의 미덕

기다림의 미덕을 배워라.

결코 성급한 열정에 휩쓸리지 않고 기다릴 때 그 인내심 속에서 자신의 위대한 마음이 드러난다.

사람은 무엇보다도 먼저 자기 자신의 주인이 되어야 한다.

그래야만 타인을 다스릴 수 있게 될 것이다.

긴 기다림 끝에 계절은 어김없이 찾아오고 그동안 숨겨져 있었던 것이 무르익게 된다.

신은 우리를 채찍으로 길들이지 않고 시간을 길들인다.

'시간과 나는 또 다른 시간, 그리고 또 다른 나와 겨루고 있다.'는 위대한 말이 있음을 부디 기억하라.

66. 자주 하는 실수는 깊이 새겨라

세상을 살면서 자신이 자주 저지르는 실수를 항시 기억하라.

우리 눈에 완벽해 보이는 사람도 그런 약점은 있고 어쩌면 그 것과 비밀스런 밀월을 즐길 수도 있다.

그런 실수는 때로 자신도 모를 깊은 잠재의식 속에 도사리고 있다.

그것이 클수록 더 눈에 띈다.

자기 약점을 잘 알면서도 그것을 사랑하는 것은 곧 불행을 즐 기는 사람들이 갖는 태도다.

자신의 약점에 열정적으로 이끌리는 것은 완벽함에 달라붙은 오점이며 자기 마음에 드는 만큼 타인에게는 혐오스럽다.

자신의 장점을 살리기 위해서는 그런 문제로부터 용감하게 벗 어나야 한다.

누군가 그 약점과 부딪치면 사람들은 경탄할 일, 칭찬할 일이 많은 그대의 재능을 곧장 비난할 것이기 때문이다.

67. 신중하라

우둔한 자는 갑자기 불손한 말을 하여 자신의 갈 길에 찬물을 끼얹는다.

이러한 행동은 그의 무모함 때문이다.

무모한 행동의 결과는 그대에게서 예방책을 마련할 주의력을 빼앗고 나중에 실패했다는 욕설조차 무감각하게 만들 것이다.

때로는 다행스럽게도 그냥 넘어가더라도 더 험한 난관을 만나기 쉽다.

날카로운 이성과 지혜의 빛을 밝혀서 앞으로 곧장 나아가라.

주의력이 안전한 발판을 갖출 때까지.

변화무쌍한 현대는 예측 못할 함정이 곳곳에 숨어 있다.

경솔한 한 마디의 말과 사소한 행동 하나 때문에 오래도록 공들인 일을 망칠 수도 있다.

신중함은 느리지만 그대의 실수를 줄여줄 것이다.

돌다리도 두드리며 건너라는 옛 말을 기억하라.

 68. 타인의 호의를 아껴라

타인에게 받는 호의를 아껴라.

훌륭한 후원자는 마치 큰 일이 일어날 때를 대비하는 저장고 와 같다.

작은 일로 도움을 청할 곳을 찾지 마라.

그대를 무능하게 만들 뿐만 아니라 경솔한 사람으로 만든다.

호의를 베푸는 것도 마찬가지다.

그대의 사소한 호의가 상대에게 꼭 필요한 것인지를 먼저 생 각하라.

필요하지도 않은 호의를 지나치게 보이는 것은 쓸데없는 간섭 이 될 수도 있다.

인생을 살며 타인의 도움이 절실히 필요한 순간은 반드시 있 는 법이다.

그대가 타인의 도움을 간절히 필요로 할 때나 누군가가 그대 의 도움을 꼭 필요로 할 때 오가는 호의는 삶의 든든한 바람막 이가 될 수 있다.

그대에게 필요한 호의를 받을 경우에는 정중하고 무거운 마음으로 받아들여라.

그대가 누군가에게 필요한 호의를 베풀 때는 깃털보다 가볍고 바람보다 빠르게 행하라.

그래야 호의를 베풀거나 받는 이가 진정 감사하고 오래 기억할 것이다.

69. 부족함이 희망을 낳는다

뭔가 부족한 듯한 느낌을 항상 즐겨라.

완전한 행복은 곧 불행해지기 쉽다.

살아 있는 동안 육체는 숨을 쉬고 정신은 노력해야한다.

모두를 갖고 나면 다음에 오는 것은 나태와 실망뿐이다.

우리의 몸과 마음에게는 뭔가 부족함이 있어야 한다.

그래야 호기심이 일고 희망을 계속 추구한다.

상대를 칭찬할 때도 완전한 만족을 주지 않는 것이 수완이다.

더 이상 원할 것이 없으면 두려움이 고개를 디밀기 때문이다.

이 얼마나 불행한 행운인가!

인간이 추구하는 여러 가지 소망이 그치는 곳에서 바로 두려움이 시작된다.

70. 잘못은 인정하고 없애라

어리석은 짓을 저지른다고 해서 그 사람이 어리석은 것은 결코 아니다.

그 어리석음을 버릴 줄 모르는 사람이 곧 어리석은 사람이다.

때로는 그대의 장점도 감춰야 할 경우가 있는데 어리석음의 잘못은 오죽하겠는가.

누구나 세상을 살면서 잘못을 저지르지만 그 차이가 있다.

현명한 자는 자신이 저지른 잘못을 스스로 곧장 인정함으로써 고칠 줄 안다.

그러나 우둔한 자는 일을 저지르기도 전에 자신의 잘못을 떠벌린다.

사람의 명망은 대개 행동보다는 그 조심성 때문에 확보되고 유지된다.

차라리 순수하지 못할 바에는 조심이라도 해라.

자신의 잘못은 오직 지나간 과거의 그림자일 뿐이다.

잘못을 인정하고 용서를 구하라.

그럼에도 그 잘못을 트집 잡는 사람이 있다면 그 사람과 거리를 두라.

그런 사람은 그대의 약점만을 기다릴 뿐 그대의 장점은 볼 생각이 없는 사람이다.

 ## 기. 확신의 병폐

확신에 너무 깊이 빠지지 마라.

우둔한 자는 대부분 확신이 강하고, 확신이 강한 자는 우둔한 편이다.

지난 일들을 곰곰이 돌이켜보라.

그대는 자신의 판단이 잘못되어 일을 그르치면 자신의 고집이 더 강해졌음을 기억하게 될 것이다.

자신의 본성은 이미 그것을 깨닫고 잘못됐음을 지적했는데 그대가 무시하고 인정하지 않았기 때문이다.

세상에는 자신의 부정한 행위에 더 익숙한 사람이 너무 많다.

우리 주위에는 확신이라는 완고한 고집으로 모든 것을 잃은 사람이 얼마나 많은가.

진리가 아닌 비이성적 천박함을 나 자신으로 삼았기 때문이다.

확신할 때의 '나'는 백 년이 가도 변하지 않을 것 같다.

하지만 일을 망친 후, 백 년이 가도 변하지 않을 것 같았던 '나'는 후회와 비탄의 구렁텅이에 빠져 있지 않는가.

세상에는 두 부류가 있다.

어떤 말로도 확신시키기 어려운 자들이 있는가 하면, 어떤 일이든 철저히 자기 확신에 빠지는 변덕스럽고 망상적인 고집쟁이들이 있다.

둘 다 우둔함과는 결코 떨어질 수 없는 사이이다.

그런 마음의 작용은 본성의 자리가 아닌 오직 잘못된 망상의 결과일 뿐이다.

72. 무조건 밀어붙이지 마라

세상을 살면서 어리석은 짓을 결코 밀어붙이지 마라.
어떤 사람들은 한번 잘못을 저질렀지만 계속하는 것이 옳은
줄 알거나, 자신이 이미 내디딘 길이니 앞을 보고 계속 가는 것
이 결단력을 보이는 것이라고 오인한다.
그래서 처음 일을 시작할 때 그만두면 생각이 짧았다는 정도
의 질책으로 끝나지만, 그치지 않고 그 일을 계속해 나간다면
세상 사람들은 그를 어리석다고 경멸할 것이다.

73. 자신의 목표에 도달하는 전략

그대의 계획을 위해 타인을 적극적으로 가담시켜라.
이는 자신의 목표에 도달하는 전략이 될 수도 있다.
그리고 그대를 위한 좋은 힘을 끌어들일 수 있기 때문이다.
그러나 부정적인 사람 앞에서는 그 행동을 삼가야 할 것이다.

그대의 어떤 계획과 목표에도 동의하지 않는 사람은 그대를 그저 야바위꾼 정도로 생각할 것이다.

진심으로 설득하고 현명하게 판단하라.

그대의 계획과 목표를 위해 사람을 모으는 일은 중요하다.

섣부른 계산으로 그대의 계획과 목표를 만든다면, 아무리 좋은 말과 행동으로 그들을 꼬드기더라도 그들은 그대의 계획과 목표를 비웃기만 할 것이다.

 ## 74. 넓은 마음을 가져라

큰 행운을 손에 잡으려면 넓은 마음이 필요하다.

커다란 행운을 맞이할 가치가 있는 사람은 그런 행운 앞에서는 결코 당황하지 않는다.

어떤 이에게 배고픔은 다른 이에게 배부름을 주기도 한다.

이것은 마음의 크기와 관련이 있다.

아무리 먹어도 배고픔을 느끼는 사람에게 만족할만한 식사는 없다.

조금만 먹어도 배부른 사람은 사소한 것만으로도 충분한 만족을 느낀다.

마찬가지로 좁은 마음은 많은 것을 탐하고 넓은 마음은 적은 것으로도 만족한다.

행운은 늘 자기만을 생각하는 좁은 마음에는 깃들지 않는다.

넓은 마음과 소박한 바람에 더 큰 행운이 깃든다.

작은 행운으로도 감사하는 마음이 있기에 더 큰 행운이 찾아오는 것이다.

 ## 75. 거짓말을 하지 마라

거짓말을 하지 마라.

거짓말은 마치 자신의 가슴의 피를 뽑아내는 것과 같다.

이 세상에서 진실처럼 조심해야 할 것은 없다.

언제나 사람의 마음을 움직이는 것은 결국 진실이다.

위기를 회피하려고 저지르는 단 한 번의 거짓말로도 완벽하게 유지해 온 명성을 한순간에 잃을 수 있다.

거짓말로 잠깐의 위기를 덮을 수 있을지는 모르지만 진실은 끈질기게 살아남아 언제든 자신의 존재를 입증할 것이다.

때문에 거짓으로 얻는 눈앞의 이익은 아주 작지만 훗날 그 거짓은 그대의 모든 것을 앗아갈 것이다.

76. 통찰력과 판단력의 힘

통찰력과 판단력을 항상 갈고 닦아라.

세상의 흐름과 속성을 잘 간파하는 통찰력은 그대의 인생을 성공으로 이끄는 열쇠이다.

세상의 수많은 흐름과 속성들은 각각 독립된 특성을 가지는 것처럼 보이지만, 큰 틀에서 보면 몇 가지 흐름을 지닌다는 것을 알 수 있다.

꼼꼼히 관찰하고 그 법칙을 찾아라.

그러나 모두가 동일한 흐름에 의해 움직이는 것은 아니다.

흐르는 물이 각각 세기와 방향이 다르듯이 모든 일은 각각의 특성을 지닌다.

그것이 그대의 판단력을 좌우하게 될 것이다.

무조건 옳은 일도, 무조건 나쁜 일도 없다.

의도가 선해도 목적이 나쁠 수 있기 때문이다.

통찰력과 판단력을 겸비하면 적어도 그대에게 미칠 화는 피할 수 있다.

이러한 재능을 지닌 사람은 사물에 결코 지배당하지 않고 사물을 잘 다스릴 줄 안다.

사람을 이해하고 그의 실체를 파악할 줄 안다.

그리고 자신의 섬세한 관찰을 통해 상대에게 감춰진 내면의 세계를 읽어낼 줄도 안다.

그는 상황과 상대를 예리하게 주시하고 철저하게 파악하여 늘 현명한 방향으로 진로를 잡는다.

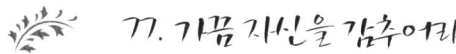 77. 가끔 자신을 감추어라

인간은 어딘가 비밀스런 구석이 있어야 한다.

이 세상 대부분의 사람들은 그들이 투명하게 이해되는 것을 대수롭지 않게 여기고, 잘 파악되지 않는 마치 안개 속 같은 것을 숭배하는 경향이 있다.

세상 사람들은 무엇을 가장 소중히 여기는가?

이왕이면 자신의 노고가 깃들어 있는 것을 소중히 여긴다.

사람들이 그대를 찾아다니는 노고를 투자하게끔 행동하라.

이것이 은둔자가 종종 유명해지는 이유이다.

그대는 상대에게 늘 현명하고 영리하게 보여야 한다.

그래야 사람들의 평판도 높아진다.

그러나 이때 절대로 과장하지 말고 적당히 하라.

그래서 통찰력 있는 사람들에게는 생각과 분별이 중요하지만, 대개의 사람들에게는 남들에게 자신을 감추는 일이 필요하다.

숨겨진 것은 경외심을 일으키기 마련이기 때문이다.

78. 피난처를 두어라

그대에게 쏟아지는 비난의 화살을 피할 피난처를 만들어라.

비난받지 않는 것이 최선의 방법이지만, 세상일은 모두 다 생각대로 되는 것이 아니고 누구에게나 공평하게 좋은 결과를 낳는 것은 아니다.

더욱이 많은 사람들이 관련된 중요한 일에는 언제나 피해자가 나오기 마련이다.

그때를 대비해 방패를 준비해 놓는 것이 좋을 것이다.

그것은 비겁함이나 무능함에서 나오는 결정이 아니어야 한다.

책임질 일에는 책임을 지는 것이 마땅하지만, 사람들은 대개 약간의 피해만으로도 문제에 연루된 누군가에게 끊임없이 비난과 증오를 퍼붓는다.

그들의 마음을 진정시키고 자신을 지킬 피난처를 만드는 것은 중요한 일이다.

 ## 79. 그대만의 별을 찾아라

자신만을 위한 행운의 별을 찾아라.

세상 사람들 누구에게나 그런 별이 있다.

자신의 별을 알아보지 못하거나 무시하는 것이 대부분 불행한 사람들이 갖고 있는 특징이다.

어떤 사람들은 아무런 이유 없이 권력자에게 은총을 입는다.

그리고 운명이 그를 스스로 돕는다.

여기서 노력은 다만 운명의 보조역할을 했을 뿐이다.

어떤 사람은 현인의 은총을 입어 직위나 신분에서 유난히 운이 좋은 사람들이 있다.

운명은 언제 어디서든 뒤섞이게 마련이다.

그러니 누구나 자기 재능뿐 아니라 자신을 위한 행운의 별을 찾아라.

그 별을 따르면서 그것이 뒤바뀌지 않도록 특히 조심하라.

80. 자신에게 복수의 화살을 겨누지 마라

자기 스스로를 도와라.

세상을 살면서 때때로 큰 위험에 처할수록 자기 자신의 강건한 심장이 도움이 된다.

심장이 약해지면 작은 두려움도 쉽게 그대의 심장을 갉아먹을
것이다.

세상을 살면서 스스로를 도울 줄 안다면 그런 어려움이 줄어
든다.

자신의 운명에게 불만이나 복수의 화살을 겨누지 마라.

그러면 운명은 더욱더 견디기 힘들어지기 때문이다.

많은 사람들은 재난을 당했을 때 자신을 스스로 내팽개치고
만다.

그러한 재난을 잘 견뎌내면 머지않아 그대에게 행운의 파도가
밀려올 것이다.

 81. 결과가 그대를 평가할 것이다

늘 마음속에 해피엔딩을 그려라.

많은 사람들이 즐거운 과정을 통해 목표에 도달하기보다는 엄
격한 규율 속에서 자신의 목표를 달성하려 노력한다.

사람들은 실패자의 피나는 노력과 결과보다는 승리자의 빛나

는 목표 달성에만 관심을 기울인다.

승리자일지라도 노력과 좌절 없이 결과를 달성하지는 못한다.

손쉬운 승리는 없다.

그러나 노력과 집중이 좋지 않은 결과에 대한 변명이 될 수는 없다.

일단 최선을 다해 노력하라.

그리고 성공적인 결과를 내도록 집중하라.

과정도 중요하지만 결과는 더욱 중요하다.

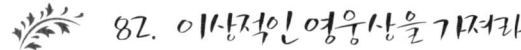

82. 이상적인 영웅상을 가져라

마음속에 이상적인 영웅상을 가져라.

이는 결코 모방하기 위해서가 아니라 경쟁하기 위해서이다.

명예에서 위대한 이상은 살아 있는 책이다.

누구나 자기 분야에서 가장 뛰어난 사람들을 이상으로 삼는다.

그들을 모방하려는 것이 아니라 그들로부터 자극을 받기 위해서이다.

알렉산더 대왕은 죽은 영웅 아킬레스를 위해서 운 것이 아니라 자신의 명성이 세상에 드러나지 않은 자신을 위해 울었다.

타인의 명성을 기리기 위해 울리는 나팔 소리보다 더 명예욕을 자극하는 것은 없다.

자신의 질투심이 사라졌을 때 비로소 고귀한 심성이 자극을 받는다.

 ## 83. 단 한 번의 시험에
승부를 걸지 마라

단 한 번의 시험에 자신의 모든 것을 걸지 마라.

만일 실패하면 그 좌절은 메울 길이 없다.

사람은 누구나 한 번쯤 실패할 수가 있다.

우리가 아는 영웅 중에는 높다란 실패의 계단 끝에서 단 한 번에 성공한 사람들이 많다.

한 번의 시험에 모든 것을 걸지 않는 한 시간과 기회는 그대에게 무수히 열려 있다.

첫 번째 시험을 경험삼아 두 번째 시험은 좀더 안전을 기하라.
첫 번째 시험이 성공하거나 실패하면 두 번째 시험을 위한 담보가 되게 하라.

84. 열정의 속성

열정은 위대한 정신의 속성이다.
자신의 열정을 잘 다스려라.
뛰어난 열정은 사람들로부터 감명을 불러일으킨다.
자신의 열정에 충실한 것이야말로 완전한 인생이라고 할 수 있다.
이것은 곧 자유 의지의 승리이다.
혹 열정이 사람을 지배하더라도 그가 하는 일까지 지배를 당해서는 안 된다.
불쾌한 일을 피하여 자신이 온갖 열정을 가지고 즐기는 일로 명망을 얻는 것은 이미 성공한 인생이다.

85. 지나친 기대감의 병폐

남에게 지나친 기대를 하지 마라.

세상의 유명한 것들이 대부분 실패하는 이유는 사람들의 상상이 그것을 미처 뒤따르지 못하기 때문이다.

상상력은 소망과 결합돼 실제보다 더 큰 상상을 불러일으킨다.

아무리 뛰어난 것이라도 부풀어 있는 선입견을 만족시킬 수는 없다.

그리고 사람들은 허황된 기대에 못 미치면 오히려 상대를 비난한다.

그러니 남 앞에 무엇을 드러낼 때는 위험하지 않은 정도에서 상대의 기대를 적당히 불러일으켜라.

실제가 기대 이상이라면 이는 훨씬 더 낫다.

그러나 이 규칙은 나쁜 일에서는 반드시 뒤집히게 된다.

왜냐하면 나쁜 것도 과장되면 사람들은 그것을 보고 싶어하고, 그렇게 되면 처음엔 아주 혐오스러웠던 것을 사람들은 정상적인 것으로 받아들이게 되기 때문이다.

86. 상황에 맞추어라

항상 주어진 상황을 잘 살펴라.

우리는 행동이나 생각을 그때그때 상황에 맞추어야 한다.

그리고 할 수 있을 때 마음껏 추구하라.

시간과 기회는 그대를 절대로 기다려 주지 않는다.

자신의 인생을 미리 규정해 놓은 법칙대로만 살아갈 수 없을 것이다.

설령 그것이 아무리 고도의 미덕이라 하더라도 자신의 의지와 아집대로만 살아가지 마라.

그대가 지금 버린 물을 내일 다시 마시게 될지도 모른다.

 ## 87. 선택의 미덕

모든 일에 있어서 선택의 능력이 매우 중요하다.

사람이 세상을 사는 데 크고 작은 선택이 반드시 따른다.

거기에는 좋은 취향 올바른 판단력이 필요하다.

학식과 이성은 선택의 중요성에 비교할 수 없다.

선택 없이는 완전함도 없다.

선택은 그 자체 안에 선택을, 그것도 최선의 것을 선택할 힘을 갖고 있다.

그러나 세상에는 풍요롭고 노련한 정신, 예리한 이성, 학식, 신중함을 지닌 고명한 사람들도 선택에 이르러 파멸하는 사람이 종종 많다.

어떤 사람은 일부러 그른 길을 가려고 마음먹은 사람처럼 늘 최악의 것을 선택하곤 한다.

올바른 선택의 재능이야말로 신이 내려준 가장 위대한 재능 가운데 하나이다.

 ## 88. 앞선 사례를 살펴라

앞사람과의 간격이 큰 일은 함부로 뛰어들지 마라.

불가피한 경우 앞사람을 능가할 정도가 될 때 실천하라.

자신의 앞사람과 견줄 만큼 되려면 그대의 능력과 가치가 두 배는 되어야 한다.

그런 상태인가를 자기 스스로 꼼꼼하게 점검하라.

후임자가 그대를 존경하게 하는 것이 좋은 일이듯 앞사람이 그대를 능가하지 못하게 하는 것도 매우 중요하다.

그렇다고 큰 격차를 줄이기는 어렵다.

왜냐하면 지난 것이 대개는 더 좋아 보이기 때문이다.

앞선 사례를 면밀하게 관찰하고 점검하는 것은 자신의 능력과 상황을 살피는 좋은 계기이기도 하다.

89. 어리석음은 한 번으로 족하다

자신의 어리석은 언행은 한 번으로 그쳐라.

세상에는 한 가지 잘못된 일을 고치려고 네 가지 다른 잘못을 저지르거나, 한 가지 그릇된 일을 보상받으려고 더 그릇된 짓을 저지르는 경우가 종종 있다.

실수는 어떤 지혜로운 자라도 저지를 수 있다.

그러나 그런 잘못을 두 번 저질러서는 안 된다.

그러기 위해서는 자신이 처해 있는 상황과 환경을 잘 살펴야만 한다.

모든 생명체는 상황과 환경의 지배를 받는다.

양지에서 잘 자라는 식물이 있는가 하면 음지에서 잘 자라는 식물이 있다.

육식을 하는 동물이 있는가 하면 채식만 하는 동물이 있다.

그런데 문제는 이 상황을 잘 이해하지 못하거나 착각하는 경우에 발생한다.

그것이 어리석음이다.

음지의 식물을 양지에서 기르면 금세 죽는 것과 같이 자신의 재능이 맞지 않는 곳에서는 아무리 노력해도 재능을 펼칠 수 없다.

어리석은 언행을 두 번 되풀이하지 않으려거든 우선 자신을 잘 살펴라.

그리고 어리석음을 피해 자신의 자리를 찾아라.

90. 지나침은 모자람만 못하다

단맛, 쓴맛을 한꺼번에 맛보려 하지 마라.

그리고 나쁜 일도 좋은 일도 마찬가지다.

지나친 정의의 밑바닥에는 반드시 부덕함이 자리하고 있다.

사과를 쥐어짜면 나중에는 쓴맛이 나온다.

그대가 무엇을 즐길 때도 결코 지나치게 하지 마라.

쾌락의 맨 밑바닥까지 가면 정신마저 둔해진다.

너무 잔인하게 짜내면 결국에는 우유가 아닌 피가 나온다.

91. 신중하게 생각하라

백 번 거둔 성공보다 한 번의 잘못에 주의하라.

찬란히 떠오른 태양은 워낙 강렬하기에 경외하고 숭배하며 그 지위를 떠받든다.

하지만 점차 어두워져 산그늘이 생기기 시작하면 사람들은 그

어두움에 불평하거나 원망을 하기 마련이다.

세상 사람들은 대부분 그대의 성공을 칭찬하지 않고 그대의 잘못에 흥미를 갖는다.

그들은 그대의 좋은 성과를 무시하고 나쁜 결과를 멀리 퍼뜨린다.

쇠도 달아 있을 때는 아무도 건드리지 않는다.

사람의 명성은 한순간의 티끌만으로도 추락하기에 충분한 조건을 갖고 있다.

늘 신중하게 생각하라.

그대의 경솔함은 마치 상처와 같아서 피 냄새를 맡은 모기떼가 금세 모여들 것이다.

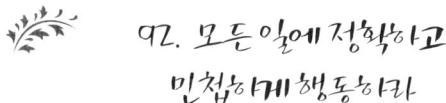

92. 모든 일에 정확하고 민첩하게 행동하라

모든 일에 정확하고 항상 민첩하게 행동하라.

빠르고 정확한 품성은 칭찬받기에 적당한 품성이다.

그러나 이를 오용하지 마라.

그리고 우쭐대지도, 심지어는 암시하는 일조차 삼가라.

다른 사람보다 빠르고 정확하다고 해서 그들을 무시하거나 빈정대지 말아야 한다.

모든 은유적인 말과 행동은 사람들에게 의심받기 쉬우므로 모호한 구석을 남기지 마라.

특히 그것이 어떤 예방책일 때는 더욱 그러하다.

그렇지 않으면 타인에게 미움받기 쉽다.

기만은 때로 세력을 키울 수 있지만 더불어 배로 의심받을 수도 있다.

기만은 상대에게 불신을 일으키고 감정을 상하게 하며 마침내 복수를 일으키고 누구도 생각지 못했던 나쁜 결과를 초래하기 때문이다.

제 2 부

슬기로운
관계의 지혜

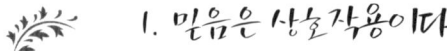

1. 믿음은 상호작용이다

세상을 살면서 남을 쉽게 믿거나 사랑하지 마라.

영혼의 결속은 서서히 우러나는 믿음으로 완성된다.

혹시 상대의 말이 의심스럽더라도 곧장 드러내서는 안 된다.

말하는 자를 당장 사기꾼으로 모는 것은 어리석은 짓이다.

듣는 자가 판단을 미루는 것은 지혜로운 행동이다.

인간관계는 결국 말과 행동이 좌우한다.

서로 어긋나는 말과 행동은 신뢰를 얻지 못한다.

성급한 판단 역시 신뢰를 얻지 못하기는 마찬가지다.

상대방이 믿음을 보이기 전에 자신의 믿음직스러움을 먼저 보여야 한다.

2. 먼저 상대를 존중하라

남에게 절대로 미움과 반감을 사지 마라.

미움은 어느 날 불쑥 찾아오는 불청객과 같다.

많은 사람들은 이유도 모른 채 서로 미워하고 싫어한다.

그들의 악의는 친절보다 앞선다.

그들은 현명한 자를 두려워하고, 고약한 혀를 가진 사람을 싫어하고, 건방진 사람을 혐오하고, 조소가들을 피하고, 별난 사람은 결코 거들떠보지 않는다.

그런 사람들 속에서 존중을 받기 위해서는 그들을 먼저 존중해야 한다.

그렇지 않으면 제동장치 없는 자동차처럼 파국을 향해 달리게 될 것이다.

3. 타인의 마음을 읽어라

타인의 욕망을 잘 이용하라.

이것은 그들을 움직이게 만드는 효과적인 도구가 될 수 있다.

철학자들은 흔히 욕망의 천박함에 대해 말하지만 정치가들은 그것이 전부라고 말한다.

말하자면 후자가 더 잘 이해한 것이다.

어떤 사람은 남의 욕구를 발판삼아 자신들의 목적을 달성하는 계기를 만들 줄 안다.

그들은 남들이 소유했을 때보다 꿈꿀 때의 열정이 더 크다는 것을 알고 조절한다.

저항이 크거나 무언가 부족할수록 소망도 더 열정적이 되니까.

자신의 목적을 달성하기 위해서 남들이 자신에게 의존하게 만드는 것은 아주 영리한 일이다.

4. 무리와 어울려라

집단이나 조직 속에서 바보로 머무는 것이 혼자서 현명하게
있는 것보다 더 낫다.

만일 모두가 바보라면 그대를 바보로 여기지 않을 것이기 때
문이다.

그러나 만약에 그 속에서 현명한 자가 한 사람만 있다면 그 사
람이 바보 취급을 받는다.

최고의 지혜는 때로는 무지 속에 또는 무지를 가장한 것에 들
어 있다.

사람은 대다수의 무지한 사람들과 함께 살아가지 않으면 안
된다.

혼자서 분별 있게 살려면 신이나 금수와 같아야 한다.

사람들 속에서 편안하게 사는 것이 혼자서 바보로 사는 것보
다 낫다.

5. 사람을 가려내는 눈을 길러라

이 세상의 곳곳에 쓸모없는 사람들이 많다.

그들을 식별해 내는 큰 안목을 가져라.

뛰어난 가문이나 보통 집안에도 졸장부가 있기 마련이다.

하지만 그들보다 더 못난 성품의 사람들이 사방에 도사리고 있다.

이들의 성품은 언뜻 일반적인 것처럼 보이지만 마치 깨진 거울 조각들이 모여 완전한 거울처럼 보이듯이 몹시 해로운 자들이다.

그들은 교활한 말과 술책으로 자신을 단단히 무장한다.

진정 무지한 인간들이고 어리석음의 후원자이며 험담의 동맹자들이다.

그들의 말을 결코 진지하게 받아들이지 마라.

그들의 생각은 일관성이 없고 아무런 내용이 없다.

그런 자들은 멀리해야 한다.

그들이 어떤 사람을 그대 앞에서 비난했다면 내일은 다른 사람 앞에서 그대를 비난할 것이다.

6. 헛된 치장으로
자신을 포장하지 말라

어떤 사물로도 결코 자신을 가리지 마라.

빼어난 장점도 화려한 휘장에 덮이면 결국에는 누더기가 될 수 있다.

휘장은 빼어난 일에 대해 수여되는 것이기 때문에 그것에 휩싸인 사람은 마침내 고립되기 쉽다.

빼어난 미모조차도 여러 가지 화장술로 인해 지나치게 되면 결국 품위를 떨어뜨린다.

세상에는 일부러 꾸민 치장 때문에 나쁜 결과를 가져오는 경우가 얼마나 많은가?

매우 놀라운 통찰력조차도 지나치면 마침내 고리타분한 잔소리가 될 수도 있다.

7. 본질을 파악하라

매사에 일의 본질을 똑바로 보고 시작하라.

많은 사람들은 주어진 일의 본질을 내다보지 못하고 불필요하게 깊이 생각하여 마침내 옆길로 새거나 구설에 휘말린다.

이것은 매우 소모적인 일이다.

그런 경우, 어느 한 곳의 주위를 빙빙 돌며 오직 자신과 타인들을 피곤하게 할 뿐 아니라 실제로 본론에는 결코 도달하지 못한다.

이것은 객관적인 시각을 놓치고 자신이 그곳에서 스스로 빠져나오지 못하는 사고력 때문이다.

그 순간에 그만두었어야 할 일에 많은 시간을 허비하고 인내심을 메마르게 한다.

본질과 핵심을 놓치지 말라.

그 이상의 생각과 행동은 그대를 피곤하게 할 것이다.

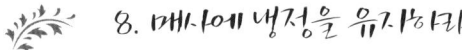# 8. 매사에 냉정을 유지하라

일에는 항상 냉정을 유지하라.

이는 화가 나지 않게 하는 훌륭한 지혜이다.

냉정한 이성은 신이 인간에게만 허락한 축복이다.

인간관계에서 감성은 중요한 요소이다.

그러나 치밀해야 할 일을 감성으로 대하는 것은 자신과 모두를 소모적이고 불편하게 만들 수 있다.

자신의 완전한 주인공의 되어서 어떤 고난이 찾아오더라도 화를 내거나 불필요한 융통성을 발휘하는 모습을 절대로 보이지 마라.

일의 궁극적 미덕은 효율과 합리성이기 때문이다.

9. 자신과 타인을 절충하라

자신과 타인을 절충하라.

누구나 자기의 관심과 사물을 보는 관점에 따라 주관을 갖게 되며 그 나름대로 충분한 이유가 있다고 생각한다.

당연히 서로 상반되는 두 개의 의견이 충돌한다.

사람들은 자신의 생각이 항상 옳다고 주장하기 때문이다.

이렇게 일이 얽힐 경우 현명한 자라면 좀더 깊이 생각하고 행동에 옮겨야 한다.

언제나 상대방의 입장에 서서 그 이유를 곰곰이 검토해 보라.

그러면 더 이상 고집을 피우지 않게 될 것이고 상대방을 비난하거나 자기만 옳다고 주장하지 않게 될 것이다.

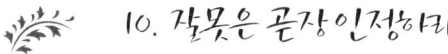 10. 잘못은 곧장 인정하라

그대의 명망이 아무리 높아도 잘못이 있으면 곧장 이를 인정하고 정중하게 사과하라.

잘못을 숨기려 하는 것은 결코 고상한 행동이 아니다.

사람은 살면서 여러 가지 사소한 과실을 저지른다.

진정 훌륭한 사람이라면 그 때문에 그의 인격이나 사회적 지위가 손상되지는 않는다.

자기 과실을 용감하게 인정함으로써 잠시 추락할 수는 있지만, 마침내 진실이 밝혀졌을 때 사람들의 깊은 공감과 자신의 마음으로부터 자유를 얻는다.

그리고 그의 훌륭함은 더욱 빛나게 된다.

세상을 살면서 사람으로서 잘못이 없을 수 있는가?

과실이 드러날 때 사람들은 훌륭한 인품과 하찮은 인품을 바로 구별해낼 수 있다.

11. 소중한 것일수록 상대와 나눠라

그대의 소중한 것을 상대에게 마음껏 주어라.

그러면 그대는 상대로부터 많은 감사를 얻을 수 있다.

그대는 그저 상대에게 친절한 마음만 표시하는 것이 아니라 고상한 덕으로 하여금 항상 고마운 마음을 불러일으킨다.

그것을 받는 사람이 정직한 사람이라면 그보다 더 값비싼 것이 없다.

그는 이를 받으면 두 가지를 동시에 얻는 것이다.

하나는 그가 받는 물건이요, 다른 하나는 예의이다.

그러나 어리석은 사람에게 있어 고상한 덕은 헛소리에 불과할 뿐이다.

그는 예절에 맞게 말하는 언어를 알아듣지 못하기 때문이다.

12. 함부로 나서지 말라

세상을 살면서 자꾸 나서지 마라.

그러면 곧 상대에게 무시당할 것이다.

남에게 인정받고 싶으면 스스로를 존중하라.

밀어붙이기보다는 계속 기다려라.

그리고 남이 진정으로 원할 때 나서라.

그래야 그들로부터 환영을 받을 것이다.

남이 부르지 않으면 가지 마라.

만약에 가게 되면 그들이 떠나라고 하지 않아도 떠나게 될 것이다.

시키지도 않은 일을 하는 사람은 그 일이 잘못될 경우 사람들의 비난을 스스로 감수해야 하고, 설사 일이 잘 되더라도 아무도 그에게 고마워하지 않을 것이다.

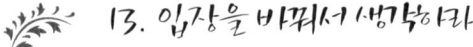# 13. 입장을 바꿔서 생각하라

대부분의 사람들은 객관적인 진실보다는 자신의 입장과 처지에 맞는 말을 선택한다.

이것은 의도적이라기보다는 상황의 힘이다.

사람들은 자신이 직접 듣고 본 사실에 맞도록 조작하는 사악한 마음이 있다.

그래서 자신의 생각은 전부 옳고 타인의 생각은 그르게 생각하는 버릇이 생긴다.

그대가 만약 곤궁한 처지에 있거나 영향력을 가진 사람이라면 자신의 생각을 항상 옳다고 판단하지 말라.

입장은 언제든 뒤바뀔 수 있다.

상대방의 처지와 비슷한 입장이 아니라면 섣불리 판단하지 말고 입장을 바꿔서 생각해야 한다.

최대한 예의를 갖추려는 의지는 섣부른 판단의 독선에서 그대를 구할 것이다.

14. 감춤의 미덕

남이 그대의 소유가 아니듯 그대도 완전히 남의 것이 아니다.

친척 간에도 친구 간에도 서로 비록 은혜를 입은 사이라도 그 누구도 완전히 자신을 소유할 수는 없다.

왜냐하면 상대를 신뢰하는 것과 호의를 보이는 것은 서로 다른 일이기 때문이다.

아무리 가까운 사이라도 비밀이나 예외가 있으며 그런 일로 우정에 금이 가지는 않는다.

친한 친구도 자신만이 깊숙이 간직한 비밀이 있고, 심지어 아들도 아버지에게 감추는 일이 종종 있다.

남에게 반드시 알려야 할 일이 있는가 하면 반드시 감춰야 할 일도 있다.

상대에 따라서 같은 일이라도 감출 것과 알릴 것을 구별할 줄 알아야 한다.

15. 삶의 방법은 많을수록 좋다

삶에 필요한 모든 조건을 두 배로 갖추어라.

그러면 자신이 누리는 생활 역시 두 배의 가치를 지닐 것이다.

세상에서 아무리 뛰어난 일도 그 일에만 매달리거나 제한해서는 결코 안 된다.

사람은 모든 것들, 특히 생활 방식, 좋은 의지, 만족 등은 몇 배로 갖추어도 부족하다.

자연과 인연의 자비심에 의존해야 하는 우리들의 삶 속에서 이처럼 잘 바뀌고 변질되기 쉬운 인생을 순탄하게 이끌어가기 위해서는 우리가 사는 데 필요한 지혜를 몇 배로 마음속에 반드시 저장해야 한다.

조물주가 우리에게 신체의 중요한 부분인 팔과 다리를 둘씩 주었듯이, 우리는 우리가 의지하며 살아야 할 그것들을 갑절로 갖추는 기술을 반드시 가져야 한다.

16. 명확하고 세련되게 표현하라

항상 자기 자신을 남에게 드러낼 때는 명확하고 세련되게 표현하라.

명확한 표현이 따르지 않으면 정신의 산물인 언행은 그럴 듯한 모습으로 세상에 나오기가 어렵다.

명민한 재능을 가진 머리는 명확하고 깊이 있게 표현함으로써 상대에게 찬사를 받는다.

어떤 사람은 많은 지식과 이해력을 갖고 있지만 정작 표현에 서툰 경우가 있다.

이런 사람은 자신의 진가를 발휘하게 되기까지 아주 오랜 시간이 걸린다.

배움이란 그 자체로 가치 있고 칭송을 받을 일이기는 하지만 그것을 잘 표현하는 것도 중요한 일이다.

아무리 착한 의도를 가졌더라도 표현이 거칠다면 사람들에게 비난을 받기 쉽다.

명확하고 세련된 표현 또한 그 사람이 가진 배움의 깊이를 드러내는 일이다.

17. 타인의 의견을 잘 듣는 방법

인생에서 벌어지는 모든 일은 상호작용이다.

서로가 선택하는 대로 매사가 다 좋거나 혹은 다 나쁘게 된다.

세상을 살면서 모든 일을 자기 생각대로만 이끌어 가려는 자는 어리석은 사람이다.

거기에는 진정한 의식 대신 그다지 예민하지 못한 감각들만이 있을 뿐이다.

또한 남이 말해 주는 생각으로 자신의 생각을 대신하는 행동도 어리석기는 마찬가지다.

타인의 의견을 듣는 일은 중요하다.

자신의 일에 너무 깊이 몰입한 나머지 정작 봐야 할 것을 놓치는 경우가 많다.

이럴 때 다른 사람의 객관적인 시각은 그대를 위해서 바람직한 것이다.

하지만 대개의 옳은 의견은 그대의 마음에 들지 않을 것이다.

사람은 자기 생각이 몇 배는 현명하고 옳은 선택이라 믿는 경향이 강하다.

그래서 사소한 지적에도 상처받기 쉽다.

반대로 그대의 의견에 적극 동의하는 사람도 있을 것이다.

이 경우는 정말 잘 이해해 주는 것 같은 착각이 들 수도 있다.

그대가 잘 생각해야 할 것은, 의견을 묻는다는 것은 모르는 것을 알기 위해 묻는 것이지 그대의 생각을 확인하기 위해 묻는 것이 아니라는 것이다.

상대가 그대의 오류를 지적하거든 냉정하게 그대 자신을 돌이켜봐야 할 것이다.

상대가 그대의 생각을 칭찬하거나 찬성하기만 한다면 그대는 자신의 소중한 시간을 쓸모없이 낭비하고 있는 것과 마찬가지다.

18. 일의 핵심을 파악하라

항상 세상의 여러 분야에 관한 정보를 잘 살펴라.

여러 분야를 주의 깊게 살피며 핵심요소를 찾아라.

어느 분야나 그 조직을 움직이는 핵심요소가 있다.

기술이 더 많이 요구되는 분야가 있고 인간관계가 더 요구되는 분야가 있다.

어떤 분야는 용기를, 어떤 일은 예리한 성품을 요구한다.

모든 사람들에게 있어 일관된 장점과 단점이란 없다.

쾌활하고 적극적인 성격은 어느 분야나 적절히 요구되는 인간형이지만 신중하고 예민한 일에는 어울리지 않는다.

마찬가지로 세심하고 조심성 많은 성격은 외향적인 일을 맡기에는 부적절하다. 오히려 섬세하고 끈질김이 요구되는 사무실 일은 어울릴 것이다.

일의 핵심을 알고 자신의 장단점을 파악하면 그 일을 스스로 잘 수행할 수 있는 능력이 되는지 안 되는지 쉽게 알 수 있다.

그대 자신을 빛내고 싶다면 일단 그대의 장단점을 파악하라.

해야 할 일의 핵심을 알면 결코 실패를 맛보지는 않을 것이다.

19. 저울질하지 마라

일이나 사람을 놓고 저울질하는 모습을 보이지 마라.

일관되지 못하고 자신에게 주어진 형편에 따라 자꾸만 앞뒤가 뒤바뀐 모습을 상대에게 보이지 마라.

성품에서도 겉모습에서도 분별 있는 자는 항상 그대로이다.

늘 변함없는 모습 속에 완벽함이 자리하고 있다.

그리하여 그는 매사에 사려깊고 지혜롭다는 평판을 받는다.

만일 변화가 있다면 외부 사정이나 다른 사람들이 그 원인일 뿐이다.

태도의 돌변은 지혜와는 거리가 멀다.

세상에는 똑같은 일에도 매일 달리 반응하는 사람들이 있다.

어제는 "네" 하고 대답했다면 오늘은 "아니오" 하고 말하는 사람들이다.

이렇게 그들은 항상 자신들의 신용과 명망을 떨어뜨리고 타인들의 이해에 혼란을 가져온다.

 20. 자비심은 값진 양식이다

자비심은 곧 큰 미덕이다.

나라를 이끌어가는 위치에 있는 사람들은 항상 자비심을 베풀어 국민의 존경을 받아야 한다.

이것은 지도자가 반드시 지녀야 할 기본 덕목이자 가장 값진 양식이다.

이것이 바로 보통사람들보다 좋은 일을 더 많이 하라고 다스리는 자에게 하늘이 주는 유일한 선물이다.

21. 때로는 적절한 반박을 활용하라

매사에 있어 적당히 반박할 줄 알아라.

이는 곧 사물의 실체를 찾는 데 가장 좋은 방법이다.

이것은 자기가 말려들지 않고 남이 자신에게 말려들게 하는 것이다.

타인을 흥분하게 하는 것은 매우 효과적인 도구이다.

그들이 흘리는 중요한 말을 대수롭지 않게 여기거나 신중한 그대가 짐짓 나타내는 소극적인 태도, 그리고 상대에게 일부러 의심을 드러내는 것도 그들의 호기심을 자극하고 그것을 이용하여 자신이 원하는 것을 얻을 수 있는 수단이 된다.

때로는 스승에게 반박하는 것도 배우는 학생에게는 좋은 방법이 된다.

 22. 순진함이 때로는
악덕일 수도 있다

항상 순진한 것만이 미덕은 결코 아니다.

마음속에 뱀 같은 교활함과 비둘기 같은 순진함을 갖추어라.

정직한 사람은 속기 쉽다.

거짓말 안 하는 사람은 남을 쉽게 믿고, 속이지 않는 사람 또한 쉽게 남을 신뢰한다.

그러나 어리석기 때문이 아니라 사람에 대한 호의 때문에 일부러 속아 주는 사람도 있다.

세상에는 속임수를 피하는 데 능숙한 두 부류의 사람이 있다.

그것은 경험이 있는 사람과 교활한 사람이다.

경험이 있는 자는 속임수에서 스스로 빠져나오려 하고, 교활한 자는 일부러 그 속임수에 스스로 빠져들어 간다.

23. 걸고 넘어지는 자를 경계하라

자신이 저지른 잘못에서 벗어나기 위해 다른 사람을 걸고 넘어지는 자를 항상 조심하라.

세상의 많은 사람들은 자기 잘못을 다른 사람의 잘못으로 돌린다.

이를 눈치채지 못하는 자는 상대방의 술수를 도무지 알 길이 없어 발을 내디딜 때마다 더 깊은 함정에 스스로 빠져든다.

이것은 마치 뜨거운 불 속에 자신의 손을 집어넣어 다른 사람에게 이익이 되는 것을 끄집어내려는 것과 같다.

24. 1인자와 모방자

자신이 몸담고 있는 분야에서 항상 1인자가 되어라.

많은 사람들이 자신이 하고 있는 일에서 자기보다 나은 자가 없었다면 모두 불사조가 되었을 것이다.

어느 분야에서 제1인자는 영예의 월계관을 차지한다.

나머지 사람들에게는 오직 그가 남긴 찌꺼기가 돌아갈 뿐이다.

그들은 아무리 노력해도 모방자라는 오명을 씻기가 어렵다.

그래서 사람들은 일류에서 제2인자가 되기보다는 이류에서 제1인자가 되기를 더 좋아한다.

25. 남의 일에 간섭하지 말라

자기 일이 아니면 절대로 상관하지 말라.

우리 주위에는 무슨 일이든 상대를 헐뜯는 사람, 모든 일을 자기 일거리로 만드는 사람이 많다.

그리고 매사를 심각하게 여겨 싸움이나 은밀한 일감 만들기를
좋아하는 사람도 있다.

그러나 짜증나고 불쾌한 일은 받아들이지 않는 것이 좋다.

그렇지 않으면 자신과는 아무 상관없는 일에 휘말리기 쉽다.

무심하게 흘려버려도 될 일을 구별하지 못하는 것은 참으로
어리석은 짓이다.

아무것도 아닌 일을 심각하게 생각하여 긁어 부스럼을 만들어
놓는 경우가 있다.

처음에는 수습하기 쉽지만 나중에는 그렇지 않다.

일찍 그만두는 것이 지혜롭게 삶을 살아가는 방법이다.

 ## 26. 겉모습도 중요하다

사람들에게 실제보다 겉모습은 매우 중요하다.

대부분의 사람들은 실제 모습이 아닌 사물의 겉모습에 어떤
가치를 두는 경우가 많다.

사물의 내면까지 깊이 들여다보는 사람은 적고 오직 겉모습에

머무는 사람이 많다.

겉모습이 몹시 흉하면서 내적 아름다움만을 내세우는 것은 마치 고집스런 황소 같은 인상을 남에게 줄 수도 있다.

27. 가끔 자신의 스타일을 바꿔라

스타일의 변화를 즐겨라.

이것은 남들의 관심을 흐트러뜨리기 위해 필요하다.

특히 적의 관심을 흐트러뜨리기 위해서는 가끔 자신의 스타일을 바꿔라.

같은 방향으로만 날고 있는 새를 맞히기는 쉬우나 자꾸 방향을 바꾸는 새를 맞히기는 매우 어렵다.

유능한 도박꾼은 상대방이 기대하는 패를 절대로 내주지 않는 법이다.

28. 일의 기술

세상을 살면서 쉬운 일은 어려운 일처럼, 어려운 일은 쉬운 일
처럼 하라.

전자는 성실함이 게으름을 막고, 후자는 용기가 두려움을 막
는다.

어떤 일을 마무리하지 않고 팽개쳐두는 것을 막기 위해서는
때로는 그 일을 끝마친 것처럼 유심히 살펴볼 필요가 있다.

이와 반대의 경우도 마찬가지다.

성실하게 노력하면 불가능한 일이 가능해진다.

그리고 어려운 일조차 두려움을 떨치고 살펴보는 것이 좋다.

그것은 일 자체만을 보는 것이 아니라 어려움에 직면하여 미
리 몸과 마음이 마비되지 않도록 하기 위해서이다.

29. 자신을 칭찬하는 사람을 멀리하라

생각과 표현력이 창의적인 사람이 있다.

그런 사람을 반드시 발견할 줄 알아야 한다.

그는 그대의 정신을 일깨워 줄 것이다.

그대에게 반박하지 않는 사람만을 가까이 해서는 절대로 안된다.

대부분의 사람들은 오직 자신만을 사랑한다.

그래서 항상 자신을 칭찬하는 사람을 곁에 두고 싶어한다.

때로는 남보다 뛰어난 것을 꾸짖는 사람의 충고를 자신의 영예로 받아들일 필요가 있다.

만약 그대가 하는 일이 모든 사람의 마음에 든다면 이것은 서글픈 일이다.

그 일이 그다지 쓸모가 없다는 뜻이기 때문이다.

정말 뛰어난 일은 소수의 사람에게만 환영받는다.

30. 진정한 우정

누구나 쉽게 사귈 수 있는 사람이 되어라.

친구가 없는 사람은 몹시 어리석은 사람이다.

아무리 훌륭한 사람도 우정 어린 충고를 받아들일 구석은 남겨두어야 한다.

왕의 권력도 우정과 같은 부드럽고 온순한 감정을 배척하면 안 된다.

만약 이것을 배척한다면 영혼의 문을 폐쇄하려는 그를 아무도 말릴 수 없으므로 마침내 스스로 몰락하고 말 것이다.

모든 일에 뛰어난 사람도 우정에는 항상 마음의 문을 열어야 한다.

우정은 곧 축복이다.

진실한 친구를 사귀고 그의 충고에 귀 기울여라.

우리의 마음속에는 질책과 경고로써 잘못된 오류에 빠지는 것으로부터 구해 주려는 사람을 고마워하고 소중히 여길 줄 아는 거울이 있다.

31. 모욕의 상대에게 호의를 보여라

그대를 모욕하는 상대를 자기 사람으로 만들어라.

모욕을 피하는 것은 복수하는 것보다 현명한 일이다.

하지만 모욕을 주려는 사람을 자기 사람으로 바꾸는 것이 진정 현명한 일이다.

그에게 깊은 호의를 보여 그의 입에서 모욕 대신 항상 감사의 말이 넘치게 하라.

그러면 스스로 우월하고자 그대를 모욕하던 사람이 어느새 충실한 종이 되어 있을 것이다.

32. 간청의 방법

남에게 때로는 간청을 하게 될 때가 있다.

어떤 사람에게는 그 일이 너무 어려운가 하면 어떤 사람에게는 그 일처럼 쉬운 일이 없다.

어떤 사람은 한 번도 거절할 줄 모르는가 하면 어떤 사람은 무
조건 상대방을 거절한다.

거절쟁이에게 간청하게 될 때는 적절한 기회를 붙들어야 한다.

그가 좋은 기분일 때 재빨리 그의 마음을 사로잡아라.

그에게 기쁜 날이면 그의 호의 역시 너그러울 것이다.

호의는 마음속에서 밖으로 넘쳐흐르는 것이니까.

그러나 그에게 다른 사람이 먼저 거절당했거나 그에게 나쁜
일이 있을 때는 절대로 접근하지 마라.

 33. 남에게 신세를 질 때는 신중해라

남에게 신세 지는 것을 항상 경계하라.

남에게 신세 지는 것은 자칫하면 그 일로 인해 자신을 노예로,
그것도 모든 사람들의 노예로 만들어버린다.

타인의 호의나 선물보다는 그대의 자유가 훨씬 더 값지다는
사실을 항상 기억하라.

이것을 매우 소중히 간직해야 한다.

많은 사람을 자기에게 의지하게 만들기보다는 자기가 그 누구에게도 의지하지 않도록 하라.

어느 날 그대가 상대로부터 받는 친절이 꼭 호의라고 말하기는 어렵다.

이는 상대방의 의도적인 계략일 수도 있다.

부득이 신세를 지게 될지라도 항상 마음의 등불을 밝혀 잘 살펴봐야 한다.

34. 약점을 드러내지 마라

남에게 약점을 보이지 마라.

상대는 곧 그곳을 노릴 것이다.

그리고 자신의 아픔을 하소연하지 마라.

악은 늘 약점이 있는 곳을 노리기 때문이다.

그대가 분노하면 타인의 기분만 돋워 줄 뿐 아무 쓸모가 없다.

나쁜 의도는 아픈 곳을 찾을 때까지 계속 시도할 것이다.

그러니 신중한 자는 결코 자신의 상처를 남에게 말하지 않고 다가온 불행을 남에게 드러내지 않는다.

때로는 자기 운명조차도 그대의 아픈 곳을 찌르기를 좋아한다.

그러니 아픈 것도 기쁜 것도 결코 드러내지 마라.

전자는 끝나도록 하기 위해, 그리고 후자는 지속되도록 하기 위해서이다.

35. 함부로 마음의 칼을 뽑지 마라

함부로 마음의 칼을 뽑지 마라.

그대가 타인을 적대시하고 미워하면 그들도 반드시 그대를 중상모략하고 꺾으려 한다.

뻔한 수법으로 전쟁을 치르는 사람은 거의 없다.

경쟁자들은 언젠가 우리가 기회를 잡으면 저질렀던 잘못을 모두 들추어낸다.

그들이 격분하면 이미 죽은 욕을 다시 땅에서 파내어 오래 된 악취를 모든 사람들에게 드러낸다.

경쟁자는 중상을 비롯해 자기에게 유리하다 싶으면 상대의 허짐을 모두 다 꺼낸다.

그러나 상대에 대해 호의적인 태도는 늘 평화롭고 명망이 있는 사람들도 호의적이다.

36. 분별 있는 교제의 중요성

가끔은 상대와 교제를 재점검하라.

상대에게 신뢰감을 너무 많이 보이면 그대의 빼어남이 빛을 잃게 될 수도 있다.

자신의 완벽함의 비밀을 남에게 보이면 자신에 대한 공경마저 빼앗긴다.

하늘의 별은 우리보다 높고 멀리 떠 있기 때문에 그 찬란함을 유지하는 것처럼 신비한 것은 항상 경외심을 낳는다.

하지만 빈틈을 노리는 자에게 허물없이 대하는 것은 결국 자신을 경멸케 하는 길을 여는 것임을 알아야 한다.

그대의 신뢰감을 듬뿍 받는 사람일수록 그대를 가볍게 생각하기 쉽다.

그에 대한 호감이 깊고 짙음을 공공연히 드러내는 것은 결국
자신을 깎아 내리는 짓이다.

자기보다 높은 자에게 너무 기대지 마라.

이는 위험하다.

그리고 자기보다 낮은 자를 믿지 마라.

이는 볼품없다.

그들에게 호의를 보이면 그대의 의무로 오해한다.

무분별한 교제는 비천한 뒷골목에 자신을 던지는 것과 같다.

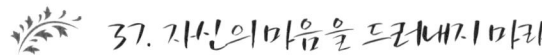 ## 37. 자신의 마음을 드러내지 마라

자신의 의지를 남에게 넌지시 드러내라.

열정은 정신의 창문일 뿐 지혜는 기다리고 자신의 본래 모습
을 감추는 데 있다.

그대로 모두 드러내는 행동을 하면 상대에게 모든 것을 간파
당한다.

신중한 자는 상대를 조심스레 탐색하고 그와 맞서 싸운다.

그대 마음의 흐름을 아무도 모르게 하라.

사람들이 반박이나 아첨으로 그대의 중심을 흐트러뜨리지 않
도록 하기 위해서이다.

 ## 38. 복수의 기술

가볍게 지나칠 줄 알라.

자신이 뭔가를 간절히 원할 때는 오히려 곧장 대수롭지 않게
지나쳐라.

사람은 대개 어떤 일에 집착할 때는 얻지 못하고, 그것을 포기
했을 때 저절로 손에 들어오는 경우가 있다.

모든 일에 가볍게 지나치는 것은 영리한 수단이다.

자신을 글로써 방어하지 말라는 현인의 충고가 있다.

그런 방어는 반드시 뒤에 흔적을 남겨 결국 적의 문제점을 징
계하기보다 칭찬으로 바뀔 수 있기 때문이다.

자신이 직접 공을 세워서 명성을 얻지 못하고 간접적으로 유
명해지기 위해 훌륭한 사람들의 경쟁자로 나서는 것은 어리석

은 자가 쓰는 비겁한 술책이다.

세계의 위인들 가운데는 만일 그의 경쟁자가 스스로 입을 열지 않았더라면 세상에 알려지지 않았을 사람도 많다.

이 세상에서 망각에 버금가는 복수는 없다.

망각은 상대방을 먼지 속으로 묻어버리는 것이다.

중상모략에 대응하는 최고의 기술은 그냥 무시하고 내버려 두는 것에 있다.

그에 일일이 맞서 싸워보았자 얻을 것은 하나도 없다.

그것은 그대의 명망을 해치고 적을 기뻐 날뛰게 할 뿐이다.

작은 잘못의 그림자조차 우리의 명성의 빛을 흐리게 한다.

그 때문에 그 빛이 완전히 사라지지 않더라도 내버려둘 줄 알아야 한다.

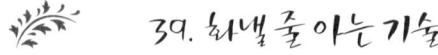 39. 화낼 줄 아는 기술

화낼 줄 아는 기술을 익혀라.

그리고 천박한 분노에 결코 속지 마라.

이성적인 사람에게 이것은 어려운 일이 아니다.

그러나 화를 낼 경우 가장 중요한 핵심은 자신이 화내고 있음을 아는 일이다.

그 화가 자신에게 어떤 효과가 있을지 깊이 통찰하고, 어디서 그 분노를 멈춰야 할지를 재빨리 알아차리려야 한다.

그리고 그 이상 나아가지 마라.

가장 중요한 것은 신중한 처신으로 자신의 분노를 적절한 시기에 멈출 줄 아는 것이다.

우둔한 자들이 판단력을 잃을 때 그대가 냉정한 이성을 갖고 있으면 그 자체가 지혜이다.

지나친 열정은 쉽게 이성을 마비시킨다.

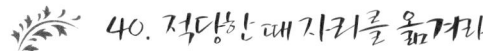 40. 적당한 때 자리를 옮겨라

적당할 때 자신의 자리를 옮겨라.

어떤 민족은 더 나은 삶과 장래의 안녕을 위해 집단으로 조국을 서슴없이 떠나기도 했다.

재능이 뛰어난 사람에게 그의 조국은 항상 계모와 같다.

그의 재능이 자라는 땅에서는 질투가 계속 팽배하기 때문이다.

또 사람들은 그 재능이 이룬 위대함보다 처음 그것이 싹트고 있을 때의 불완전함을 똑똑히 기억한다.

오히려 낯선 것은 완성된 상태에서 수용되기 때문에 웬만하면 사람들로부터 존경을 받는다.

한때는 자기가 살던 마을에서조차 경멸받던 사람이 몇 년 후에는 조국과 외국에서까지 존경받는 경우가 종종 있다.

늘 자기 정원에서 물리도록 봐 온 동상이 제단 위에 세워둘 만큼 훌륭하다고 생각하는 사람은 이 세상에 별로 없을 것이다.

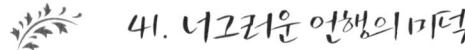

41. 너그러운 언행의 미덕

너그러운 언행은 숭고함을 보장한다.

자기의 행동에 결코 소심해서는 안 된다.

일을 함에 있어 사소한 것까지 하나하나 따지는 것은 마치 시비를 생산하는 것과 같다.

불쾌한 일이 있을 때는 더욱 그렇다.

때로 매사를 섬세하게 살피는 것은 유익하지만 그 도가 지나치면 바람직하지 않다.

일반적인 일에는 너그러워라.

타인의 호감을 사는 중요한 수완은 너그러움이다.

친지, 친구, 특히 적들 사이에 놓여 있을 때는 대부분의 일은 못 본 척 지나가라.

그리고 불쾌한 일에 시시콜콜 일일이 관여하는 것은 스스로 오물을 뒤집어쓰는 일과 같다.

42. 자신의 깊이를 드러내지 말라

상대가 그대의 능력을 헤아릴 수 없게 하는 것도 좋다.

지혜로운 미인은 안개 속에 자신의 모습을 숨길 줄 안다.

지혜로운 자는 모든 사람들로부터 존경받을 때 다른 사람이 능력의 깊이를 헤아리지 못하도록 주의한다.

사람들이 그를 알되 자신의 깊이를 헤아리지 못하도록 하는 것이다.

그것은 상대가 섣불리 판단하거나 기만할 위험이 있기 때문이다.

그대가 가진 진실보다 신비로움이 더 설득력을 갖출 때가 많다.

43. 진흙탕을 파하는 방법

의심스러운 의도는 무시할 필요가 있다.

영리한 사람들은 자신이 그렇게 곤란한 일에 말려드는 것을 스스로 피한다.

자신의 품위를 지키면서 약간만 방향을 바꿈으로써 가장 복잡한 미로에서 스스로 빠져나오는 것이다.

진흙탕의 싸움에서도 그들은 미소 지으며 잘 빠져나온다.

상대에게 뭔가를 거절해야 할 때 화제를 슬쩍 바꾸는 것도 그들의 정중한 계략이다.

그보다 더 훌륭한 방법은 마치 그것을 못 알아들은 척하는 것이다.

44. 험담에 주의하라

험담하는 사람을 항상 주의하라.

세상에는 시기하는 입이 많다.

큰 나무가 먼저 바람을 맞듯이 나쁜 험담이 돌기 시작하면 명망이 있는 사람일수록 고통도 크기 마련이다.

비열한 그 험담은 순식간에 명망가의 명예를 땅에 떨어뜨릴 수 있다.

궁지에 몰렸을 때, 형편이 좋지 않을 때, 사소한 잘못이나 소문에 휩싸였을 때 험담은 역병처럼 찾아온다.

많은 사람이 칭찬보다 험담에 익숙하기 때문이다.

일단 땅에 떨어진 불명예를 깨끗이 씻어내기는 어렵다.

그래서 지혜로운 자는 살얼음 위를 걷듯 신중히 행동한다.

명예를 복구하는 것보다 더 쉬운 것이 예방이기 때문이다.

45. 능력이 있는 아랫사람을 가까이하라

아랫사람을 쓸 때 능력 있는 사람을 가까이 하라.

그대가 만약 윗자리에 있다고 부리기 쉬운 아랫사람들로만 주변을 채운다면 그대의 능력 또한 낮아짐을 명심하라.

아랫사람이 뛰어난 능력을 갖추었다 해서 그대의 위신과 명성에 흠이 되지는 않는다.

능력 있는 아랫사람을 중용하고 그의 능력이 화려하게 빛나도록 만든다면 그대의 능력은 한층 더 빛날 것이다.

그대의 자리와 명성이 위협받을까봐 아랫사람을 경계하는 것은 부질없는 일이다.

아랫사람을 적으로 만들지 말고 그대의 충실한 조력자로 만들어라.

이것이 그대의 위신과 명성을 지키는 현명한 방법이다.

46. 인기에 휘말리지 마라

인기에 결코 현혹되지 마라.

그대가 힘써 이룬 일이 대중의 인기에 영합하는 순간 그대는
마치 성난 짐승의 등에 탄 꼴이 된다.

사람은 얼마나 흔들리기 쉬운가.

대중의 요란한 갈채는 지혜로운 자에게 마치 독사의 이와도
같다.

대중의 인기를 바란다는 것은 대중이 원하는 광대가 된다는
것과 같은 의미이다.

애써 이룬 업적이나 이루어야 할 업적은 대중을 위해 진로를
수정해야만 할 것이다.

결국 자신은 없어지고 그 자리에 이러지도 저러지도 못하는
쓸모없는 어릿광대만 남게 될 것이다.

47. 말을 내뱉기 전에
한번 더 생각하라

말할 때는 항상 자기 자신을 잘 살펴서 말하라.

경쟁자들과 함께 할 때는 스스로를 경계하기 위해, 타인들과 함께 할 때는 자신의 위신을 지키기 위해 말을 내뱉기 전에 한 번 더 생각하라.

그대에게 시간은 얼마든지 있다.

그러나 한번 내뱉은 말은 돌이킬 수가 없다.

말할 때는 마치 세상을 떠나는 사람이 유언하듯이 하라.

말이 적을수록 다툴 일도 적다.

침묵은 항상 신비로움을 지니고 있다.

매사에 경솔하게 말하는 자는 결국 상대에게 굴복당하고 만다.

48. 신중한 침묵

자신이 생각한 일을 남에게 드러내지 마라.

처음부터 상대에게 자신감을 보이거나 상대를 상상하는 것은 경솔한 짓이다.

공개된 카드로 게임을 하는 것은 결코 유리하지도 유쾌하지도 않다.

자신의 속마음을 함부로 드러내지 마라.

이러한 일은 마치 사랑받고 싶은 여자가 대낮에 속옷자락을 보이는 것과 같다.

항상 자신을 잘 단속하고 그냥 무심히 내버려둠으로써 사람들의 기대감을 불러일으켜라.

높은 지위에 있는 사람이 일반 사람들의 관심 대상이 될 때 더욱 그렇다.

모든 일에 뭔가 비밀스러운 부분을 남겨두고 그것이 지닌 그 자체로 그들에게 경외심을 불러일으켜라.

사람들에게 자신을 드러낼 때도 평범한 모습은 피하라.

사람들과 교제할 때도 자기 속마음을 함부로 드러내지 마라.

신중한 침묵은 지혜의 성역이다.

이미 입 밖으로 새어 나간 말은 결코 높이 평가되는 법이 없고 오히려 상대의 비난 대상이 쉽다.

그렇기 때문에 자신의 의도를 감추어 그들이 당신을 추측케 하고 불안케 하라.

49. 윗사람을 뛰어넘으려 하지 마라

승리의 이웃집에는 증오가 살고 있다.

특히 윗사람을 뛰어넘는 승리는 어리석음의 본보기로 언젠가는 자신에게 치명적인 상처로 돌아오게 된다.

윗사람을 뛰어넘으려는 행동은 보이지 마라.

모든 뛰어난 것은 반드시 질시의 화살을 받게 마련이다.

신중한 사람이라면 자신의 장점을 깊이 감추면서 때를 기다릴 줄 알아야 한다.

때로는 형편없는 속물처럼 행동하고, 자신의 아름다운 모습은 헝클어진 옷차림으로 위장하고 바보처럼 웃어라.

하늘에 떠 있는 수많은 별들을 보라.

별들은 모두 태양처럼 빛나는 존재지만 결코 태양보다 더 빛나려 욕심부리지는 않는다.

50. 타인의 방식을 따라라

모든 사람들이 그대의 방식을 따르지는 않는다.

오히려 그대가 다른 사람들의 방식에 따르는 것이 현명하다.

현명한 자는 그것을 잘 알고 있다.

학자에게는 학식으로, 성자에게는 성스러움으로 사람들의 마음을 얻을 수 있다.

사람들의 기분을 유심히 관찰하고 자신을 그들에게 맞춰라.

이러한 기술은 특히 남에게 의존해야 하는 사람에게 커다란 위안을 준다.

그러나 이것은 아주 섬세하고 순박한 일이어서 생각보다 큰 재능을 요구한다.

지식이 많은 사람들에게는 이 일이 오히려 어려울 수도 있다.

자신이 갖고 있는 것들을 스스럼없이 모두 내려놓을 때 더 많은 사람을 끌어안을 수 있다.

 ## 51. 겉치레 예절

겉치레 예절에 결코 속아 넘어가지 마라.

이는 대부분 속임수로 위장된 것이다.

어떤 사람들은 종종 마법을 쓰는데 테살리아의 약초까지 준비할 이유가 없다.

모자를 한번 벗고 허리만 깊숙이 꺾으면 허영심 넘치는 바보들은 저절로 마법에 걸려드니까.

매사에 진정이 담긴 예절만이 진실한 것이다.

겉치레 예절은 오직 기만일 뿐이다.

이는 영예를 얻는 길이 아니라 타인들을 자기 밑에 종속시키는 수단에 불과하다.

52. 거절의 방법

무리한 부탁을 하는 사람에게는 '아니오' 라고 말하라.

예의바른 사람이 되고자 모든 것을 다 동의해서는 안 된다.

상대에게 거절하는 일도 허락하는 일만큼 중요하다.

한 사람이 '아니오' 라고 말하는 것이 여러 사람이 '네' 라고 말하는 것보다 그에게 더 가치 있을 때가 있다.

그 사람에게 적절한 거절이 때로는 가식적인 동의보다 위로가 되기 때문이다.

그러나 언제나 '아니오' 라고 말하는 것은 더 위험하다.

그것으로 그는 자신과 타인의 모든 것을 망쳐놓기 쉽다.

항상 거절하는 말만 하다 보면 나중에 '네' 라고 말해도 사람들은 이를 결코 인정하지 않는다.

그것은 이미 거절했던 기억만을 가슴 속에 간직하기 때문이다.

그러니 어떤 일이건 곧바로 거절해서는 안 된다.

그리고 무슨 일이든 곧바로 단호하게 거절하지 마라.

이것은 그 사람의 부탁만 거절하는 것이 아니라 마음까지 뿌리치는 일이다.

배신의 쓰라림을 맛보게 하기보다 희망을 남겨둬야 한다.

상대방에게 호의적인 동의를 표시할 수 없을 때는 정중한 태도로 그 구멍을 곧장 메워라.

거절하기는 쉽다.

그만큼 사람을 잃기도 쉽다.

 ## 53. 속지 말라

세상을 살면서 속지 않도록 항상 노력하라.

남에게 속임을 당하는 것은 가장 기분 나쁜 일이다.

무엇보다도 다른 사람의 마음속을 들여다볼 줄 아는 세심한 통찰력이 필요하다.

겉모습을 아는 것과 속을 아는 것은 다른 것이다.

특히 사기꾼에게 잘 속는 사람, 주변에 사기꾼이 모이는 사람은 자신의 마음속을 잘 들여다보아야 한다.

마음이 선량한 사람은 때로 다른 사람의 말에 잘 속는다.

그러나 속이는 자는 그대뿐만 아니라 모든 사람을 속이고자 한다.

'나 하나 손해 보면 되지'라고 생각할 수도 있다.

그러나 속이는 사람의 인생보다 그에게 속는 다른 사람의 인생을 생각한다면 단호히 대처해야 한다.

 ## 54. 중개인을 조심하라

중개인을 항상 조심하라.

타인의 생각을 자신의 달콤한 말로 듣기 좋게 꾸미고 상대방을 현혹시켜 자신의 의도대로 끌어가려는 것은 중개자의 타고난 기질이다.

그들은 자신의 이익을 얻기 위해 사실을 은폐한다.

그들의 유혹에 넘어가면 그들의 수법은 성공이다.

이중적인 의도를 갖고 접근하는 사람을 조심하라.

그가 진짜 본심을 드러낼 때 내세우는 변명을 직시하라.

그들의 변명은 하나는 진짜이고 하나는 가짜이다.

그러다가 그는 어느 날 갑자기 태도를 바꾸어 그대의 약점을 찌른다.

그런 사람에게 넘어가지 않기 위해서는 번거롭더라도 사실을 직접 확인하라.

때로는 자신이 그의 속마음을 잘 들여다보고 있음을 암시하는 것도 적절한 방법이다.

 55. 우상의 노예를 다루는 방법

사람을 설득하는 기술을 배워라.

인간은 근본적으로 우상의 노예이다.

어떤 사람은 명예를 우상으로, 또 어떤 사람은 재물을 우상으로 삼는다.

많은 사람들은 쾌락을 우상으로 삼으면서도 그런 줄 모른다.

그대가 상대를 설득하는 것이 곧 기술이다.

상대방의 무의식 속에 숨어 있는 우상이 무엇인지를 알면 그의 모든 것을 움직이는 열쇠를 쥔 셈이다.

상대방의 마음속으로 은밀하게 침투하라.

먼저 친절한 태도로 마음을 허물고, 그 다음 상대방이 좋아하는 우상을 보여줘라.

그러면 그대가 마음먹은 대로 상대방의 의지를 다룰 수 있을 것이다.

56. 철면피를 멀리 하라

세상에서 물불을 가리지 않는 자와는 결코 함께 하지 마라.

그런 사람은 수치심도 걱정도 없이 앞으로 계속 돌진한다.

그에게는 더 이상 잃을 것이 없는 상태이기 때문이다.

그렇기 때문에 어떤 철면피한 일에도 곧장 달려든다.

그런 끔찍한 위험에 소중한 자신을 내맡겨서는 절대 안 된다.

훌륭한 평판을 얻기까지 수 년이 희생되었지만 어느 한순간에 자신의 모든 것을 잃을 수도 있다.

의무감과 명예심이 있는 사람은 이런 사람 때문에 많은 것을 잃기 쉽다.

이들과 관계를 맺을 때는 신중하게 관여하고 늘 조심하라.

적당한 때에 물러서서 자신의 명예를 안전하게 지킬 준비를
갖춰라.
한번 불행해져 잃어버린 것은 비록 행복이 다시 찾아오더라도
결코 다시 얻기 힘들다.

57. 주위 사람의 마음을 살펴라

주위에 가까이 있는 사람들의 마음을 잘 살펴라.
그래야 그들의 진심을 알 수 있다.
그 원인을 제대로 알면 그들의 동기와 결과를 잘 알 수 있다.
마음이 우울한 자에게서는 불행한 일을, 사악한 자에게서는 범
죄를 예견한다.
우울하거나 사악한 자는 죄악의 일만 상상할 뿐 좋은 일은 결
코 느끼지 못한다.
뭔가에 홀리는 사람은 본질에서 동떨어진 이해하기 어려운 말
만 한다.
이것은 자아도취에서 나오는 것이지 결코 자신의 본성에서 우

러나오는 말이 아니다.

이렇게 모두가 자기 기분에 도취하여 이야기하고 진실에서는 멀어진다.

늘 웃는 자는 바보요, 전혀 웃지 않는 자는 위선자이기 쉽다.

그리고 항상 묻는 자도 조심하라.

그는 경솔한 사람이 아니면 염탐꾼이다.

어리석은 사람에게서는 아무것도 기대할 것이 없다.

이런 자는 자연스러운 것을 받아들이지 못하고 누가 그에게 호의를 표시해도 곧장 무시할 만큼 어리석다.

 ## 58. 절대로 따라하지 마라

경쟁자가 하는 일을 절대로 따라하지 마라.

만일 경쟁자가 그대를 앞서 갔다면 그대는 그의 지혜를 결코 알아볼 수 없을 것이다.

왜냐하면 그대는 그의 뒷모습만 보게 될 것이므로.

그대가 조금이라도 지혜를 갖고 있다면 경쟁자가 이미 남겨놓은 발자국 위에는 결코 발을 내딛지 않을 것이다.

경쟁자를 시기하고 염탐할 시간에 더 나은 방법을 찾기 위해 노력하라.

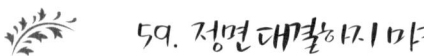 59. 정면 대결하지 마라

그대를 적대하는 자와 정면으로 대결하지 마라.

우선 상대방의 적대심이 어떤 계략에서 나오는지 혹은 시기심에서 나오는지 잘 구분해야 한다.

그리고 그 가운데 말려들지 않도록 항상 조심하라.

미리 알아서 경계하는 것보다 더 훌륭한 계략은 없다.

60. 대화의 기술

대화의 기술을 계발하라.

사람은 대화를 통해서 상대에게 자신의 뜻을 드러낸다.

인생에서 이보다 더 큰 주의를 필요로 하는 일은 없다.

대화는 너무 일상적인 일이지만 그 대화로 인해 사람은 유명해지거나 몰락한다.

편지는 깊은 생각 속에서 나오는 대화이기 때문에 신중할 수밖에 없지만, 아무런 준비 없이 재치만으로 이루어지는 일상의 대화는 치명적일 수 있다.

원숙한 자들은 타인의 혀 속에서 영혼의 맥을 발견한다.

그래서 소크라테스는 이렇게 말했다.

"말하라, 그러면 내가 너를 볼 수 있다!"

어떤 사람들은 마치 헐렁한 옷처럼 느슨하고 기술 따위를 쓰지 않는 것이 대화의 기술이라고 생각한다.

이는 친한 친구 사이에서는 가능하나 중요한 사람들과 말할 때는 사뭇 다르다.

그때는 자신이 말하고자 하는 내용을 함축하여 상대에게 나타내야 한다.

이를 달성하려면 기본적으로 상대방의 기분이나 관점에 자신을 맞춰야 한다.

중요한 상대에게는 능숙한 말보다 생각이 깊은 분별이 더욱 중요하기 때문이다.

61. 예의가 만드는 거리

거만한 자, 고집쟁이, 오만한 자, 바보라는 생각이 드는 자에게 늘 정중하게 예의를 갖추어라.

사람은 살아가면서 항상 많은 사람들과 만나고 헤어진다.

그들과 될 수 있는 한 부딪치지 않는 것이 현명하다.

그들과 거리를 두면 지극히 안전하다.

또 그들이 꾸미는 일을 일부러 못 본 체하는 것도 영리한 방법이다.

매사를 예의로 굳게 포장해 버리면 그런 사람들이 꾸며내는 온갖 복잡한 일로부터 쉽게 벗어날 수 있다.

 ## 62. 거꾸로 생각해 보라

반대로 생각해 보라.

특히 배타적인 사람이 그대에게 나쁜 일을 전할 때 반드시 그렇게 하라.

어떤 사람들이 말하는 것은 종종 모두 거꾸로 이해해야 할 경우가 있다.

그들이 인정하는 것은 나쁜 것이고, 그들이 부정하는 것이 좋은 것일 수도 있기 때문이다.

그런 사람들이 어떤 일에 대해 부정적으로 말하는 것은 그가 그것을 좋게 보고 있다는 뜻이다.

그 자신이 그것을 몹시 갖고 싶기 때문에 남한테 나쁘게 말하는 것이다.

또 어떤 것을 칭찬한다고 그것을 꼭 좋게 보는 것도 삼가라.

왜냐하면 사람들은 종종 좋은 것을 칭찬하지 않으려고 일부러 나쁜 것을 칭찬하기 때문이다.

63. 싸움의 기술

누군가 그대를 위협하거나 굴복시킬 의도로 접근한다면 피하지 말고 싸워라.

몸가짐을 바로하고 마음을 관대하게 하면 적이 생기지 않는다.

하지만 싸우려 작정하고 덤비는 상대를 피하기는 쉽지 않다.

싸움을 할 때는 상대의 모든 것을 꼼꼼히 살피고 빈틈없이 대처하라.

'적을 잘 알고 나를 잘 알면 백 번 싸워도 위태롭지 않다.'

이는 손자의 명언이다.

상대가 가장 두려워하는 점을 찾아 효과적으로 활용해라.

먼저 싸우려드는 자는 실수도 많은 법이다.

그리고 기선을 제압하라.

싸우려 덤비는 자는 그대를 쉽게 봤기 때문이다.

모든 수단을 동원해 상대가 두려움을 품도록 만들어라.

싸울 때는 감정에 휘둘리지 말고 냉정한 태도를 유지하라.

감정에 못 이겨 함부로 행동하면 그대는 약점을 드러내게 되어 패하고 말 것이다.

싸움에서 확실히 이기면 상대를 관대하게 용서하라.

관용은 상대를 정신적으로 굴복시키는 효과적인 수단이다.

주위의 사람들이 모두 그대의 편이 될 것이다.

64. 자신을 돋보이게 하는 사람과 어울려라

자신을 빛내고 싶다면 그대를 따르는 사람들과 어울려라.

배울 것이 많은 젊은 나이에는 경험이 풍부한 나이든 사람에게 배워라. 존경과 성실로 그들의 장점을 배워라.

하지만 그대가 나이가 든 후에는 그대를 따르는 젊은 사람들을 양성해라.

스스로 빛나는 별은 없다.

주위의 별이 흐릴 때 그대의 별이 더욱 빛나는 것이다.

베를 짜는 여신 파불라도 그녀를 따르는 시녀들이 못생겼고 낡은 옷을 입었기 때문에 왕과 신하들에게 아름답게 보일 수 있었다.

그렇다고 그대보다 못한 친구들과 어울려 자신을 위험에 빠뜨리거나 희생할 정도가 되어서는 곤란하다.
노력이 그대를 빛나게 만들 것이다.

65. 위기에서 삶의 돌파구를 찾아라

적의 힘을 적절히 잘 이용하라.
적의 칼날은 때로 그대의 급소가 어딘지 일러 준다.
그럼으로써 미처 알지 못했던 자신의 급소를 알게 된다.
그러므로 항상 적을 잘 다룰 줄 알아야 한다.
지혜로운 사람에게는 칼날을 겨누는 적의 날카로운 위협이 긴장감 없는 친구의 충고보다 낫다.
경우에 따라 증오보다 더 위험한 것은 아첨이다.
증오는 자신의 급소를 알게 해 주는 원동력이 될 수 있지만 아첨은 그것을 감추기 때문이다.
지혜로운 자는 남의 원망에서 귀감을 배운다.
이는 호의보다 더 충실하다.

66. 재능과 직무

주위의 많은 사람들로부터 호의를 얻는 경우는 드물다.

특히 현명한 사람들의 호의를 얻을 수 있다면 이는 큰 행운이 아닐 수 없다.

많은 사람들의 눈길을 끄는 확실한 길은 남에게 자신의 재능과 맡은 직무에서 빼어남을 보이는 것이다.

친절한 행동으로 그들의 마음을 사로잡을 수 있다면 더더욱 좋다.

그대의 재능과 직무를 통해서 자신의 장점을 필요불가결한 것으로 만들 수 있다.

그러면 명예나 직위가 그대를 자연스럽게 따르게 된다.

그러나 그대의 주변 사람들이 서툴고 미숙한 탓에 그대가 빼어나 보이는 것은 영예가 아니다.

그것은 사람들이 그대를 원해서가 아니라 그대의 주변을 싫어해서 얻게 된 반사이익이기 때문이다.

67. 험담의 병폐

남의 험담을 계속할 것인가?

그렇다면 그대는 남으로부터 미움받아 명예가 더럽혀질 것을
각오하라.

남을 교활한 방법으로 희생시키려는 것은 오직 혐오감을 살
뿐이다.

남의 험담을 즐기는 자는 도리어 자신이 험담의 대상이 되기
쉽다.

만약 그들의 수가 많으면 그대는 참담하게 굴복하게 된다.

나쁜 것은 결코 그대의 기쁨이 되어서도 관심의 대상이 되어
서도 안 된다.

어떤 일이나 행동도 시간이 지나면 균형을 잡기 마련이다.

사람들에게는 그런 균형감각이 늘 존재한다는 것을 잊지 마라.

남을 중상모략하는 사람은 영원히 남들로부터 미움을 받는다.

나쁜 것을 말하는 자는 더 나쁜 것을 듣게 될 것이다.

68. 타인의 결점을 즐겁게 안아라

주위에 있는 사람의 추악한 결점을 받아들여라.

그렇게 해야 할 때는 다른 방법이 없다.

주위에는 우리가 더불어 살기 어려운 끔찍한 성품을 가진 사람들이 있다.

그러나 어차피 그를 떠나서 살지 못한다면 마치 추한 얼굴에 익숙해지듯이 그들의 결점을 모두 끌어안아서 점차 익숙해지는 것이 현명하다.

언젠가 자신이 뿌린 씨앗이 추악한 열매로 돌아왔음을 아는 사람은 그 원인을 인정하고 현재의 결과를 기꺼이 받아들인다.

그러면 아무리 끔찍한 상황에서도 결코 중심이 흔들리지 않으리라.

처음엔 그 결점들이 자신에게 놀라움을 불러일으키지만 점차 그 추함에도 익숙해질 것이다.

하지만 그렇다고 굴욕적인 타협은 삼가라.

그것은 결코 그대도 상대도 돕는 일이 아니다.

그저 상대의 결점을 내버려 두라.

상대의 치명적인 결점은 결국 그 자신이 감당할 수 없게 되어
스스로 무너질 것이다.

 69. 어리석음의 활용법

인간적인 어리석음을 잘 활용하라.

현명한 사람도 때때로 이 방법을 사용한다.

이 세상에는 아무것도 모르는 것처럼 보이는 사람이 어떤 때
는 가장 쓸 만한 지식을 갖고 있을 수도 있다.

어리석은 군중들 앞에서 현명한 체하는 것은 별로 도움이 되
지 않는다.

그들에게는 그들이 알아들을 수 있는 알맞은 말로 이야기하는
것이 중요하다.

어리석은 체하는 사람이 잘못된 것이 아니라 어리석음을 고통
스러워하는 자가 정말로 어리석은 자이다.

남의 도움을 구하는 유일한 방법은 상대와 같은 옷으로 자신
을 덮는 일이다.

70. 항상 평화적 자세를 취하라

비단결 같은 말, 친절하고 다정한 마음을 항상 갖추어라.

화살은 몸을 찌르지만 나쁜 말은 마음을 찌른다.

천 냥 빚도 말 한 마디로 갚을 수 있다.

말하자면 말로써 불가능을 가능케 한다.

언제나 진실하게 대하고 칭찬거리를 찾아 상대방에게 달콤하게 말하라.

그대의 적에게조차 달콤함이 넘치도록 상대의 호감을 사는 유일한 방법은 언제나 자신이 평화적 자세를 취하는 일이다.

71. 선입관의 위험

자신의 선입관으로 상대방을 판단할 때가 있다.

이 천박한 반감은 때때로 아주 훌륭한 사람을 대상으로 삼을 때도 있다.

상대방을 섣불리 판단하기 전에 신중히 살펴라.

그대의 빼어난 지혜로 나쁜 감정을 반드시 떨쳐버려야 한다.

왜냐하면 그대보다 더 나은 사람을 혐오하는 것보다 더 치명적인 독약은 없으니까.

 ## 72. 거짓을 베풀지 마라

세상에는 남이 받은 은혜를 마치 자기가 베푼 은혜처럼 보이게 하는 나쁜 수완을 갖고 있는 사람들이 있다.

그들은 자기가 받은 이익을 마치 남의 이익처럼 보이게 하고 자기가 남을 위해 봉사한 것처럼 그럴듯하게 꾸민다.

그들은 또 남이 자기에게 베푼 호의를 남이 자기에게 당연히 줄 의무가 있는 것으로 받아들인다.

이는 참으로 놀라운 재주이다.

짧지만 그는 온갖 칭송과 호의를 받을 것이다.

그러나 이러한 재주는 오래 가지 못한다.

가로챈 은혜는 누군가에게 대가를 요구할 것이므로 은혜를 받는 사람은 그 진정성을 의심할 것이다.

운 좋게 은혜의 대가를 받더라도 대가를 치른 사람은 거짓 은혜를 베푼 사람에게 감사하지도 않을뿐더러 두 번 다시 거짓 은혜를 받으려 하지도 않는다.

또한 호의를 가장한 어떤 행동도 처음에는 칭송받을지 모르지만 진실을 알고 나면 두 배의 경멸을 되돌려 받는다.

자신의 그릇 이상을 받으려 하면 그 작은 그릇조차 더러워진다는 것을 명심해야 한다.

73. 무능한 사람이 무조건 비난한다

많은 사람들이 좋아하는 것을 나쁘다고 일축하지 마라.

세상의 좋은 것은 누구나 마음에 들어하기 때문이다.

모두가 마음에 들어한다는 것은 모두에게 이롭다는 뜻이다.

혼자 누군가를 비난하는 자는 항상 의심에 차 있다.

그들은 어떤 상황에서도 만족하지 못하며 과정의 실수를 발견하면 우선 책임지울 누군가를 찾기에 바쁘다.

그런 자신의 마음 속 깊은 곳에서는 자신이 비난하는 대상을 의심하는 것이 아니라 바로 자신을 의심하는 것이다.

그런 자는 항상 자기 취향에 빠져서 한없이 허우적댄다.

자신의 방법만이 옳다고 주장하다가도 정작 그 방법대로 했을 때 발생하는 실수는 남의 탓으로 돌린다.

이는 스스로 무능함을 입증하려는 노력임을 알아야만 한다.

실수가 발생했을 때는 적절한 해결책을 함께 도모하는 것이 합리적인 방법이다.

책임자를 만들고 문책하려는 태도는 상황 개선에 아무런 도움이 되지 않는다.

책임을 돌리려는 태도의 밑바탕에는 동료라 할지라도 믿지 못하는 마음이 깔려 있다.

이들은 자신의 무능함을 감추기 위해 모든 이를 경쟁자로 생각하는 것이다.

 ## 74. 농담을 주의하라

상대의 마음을 잘 헤아리고 말하라.

말 한 마디로 천 냥 빚을 갚기도 하고, 말 한 마디로 10년 우정이 원수로 변할 수도 있다.

아무리 좋은 의도를 가진 말이라도 상황에 따라서 상대에게 치욕을 줄 수도 있고 아첨으로 비칠 수도 있다.

생각 없이 내뱉은 한 마디 때문에 상대를 불쾌하게 만들어 불필요한 대가를 치르는 사람들이 있다.

말하기 전에 상대의 마음을 먼저 살펴라.

말을 뱉었을 때 그 말의 결과를 신중히 생각해라.

한번 입을 나선 말은 말한 사람의 인격이 되어 떠돌아다닌다.

그 말은 바람처럼 다시 붙잡을 수가 없다.

특히 주위 사람을 유쾌하게 만들 의도로 하는 농담일 때는 더욱 주의해야 한다.

농담은 주로 상대방을 바보로 만들거나 나를 바보로 만들 때 웃음을 유발한다.

나를 바보로 만들어 주위를 유쾌하게 만들 때는 오해가 발생

할 여지가 크지 않다.

하지만 남의 기분을 헤아리지도 않고 누군가를 바보로 만들어 웃기려고 한다면 신중에 신중을 기해야 할 것이다.

 ## 75. 사람을 사귀는 지혜

누구든 너무 깊이 사랑하지도 미워하지도 마라.

오늘의 친구는 내일의 적이 될 수도 있다.

그것도 자신에게 가장 강력한 적이 될 수도 있음을 생각하라.

이는 실제 일어날 수 있으므로 반드시 방비책을 세워 두어라.

우정의 변절자에게 자신의 모든 무기를 내주어 무장해제된 자신에게 도전하지 않도록 항상 조심하라.

그리고 적에게는 늘 화해의 문을 열어 두어라.

그것도 가장 널찍한 관용의 문을.

설사 화해가 되지 않더라도 너무 일찍 복수하지 마라.

그로 인해 고통을 받는 사람들이 많다.

그러면 자신이 저지른 보복과 승리를 기뻐하는 마음은 곧 비탄으로 변한다.

76. 타인들에게 인정받아라

사람들에게 갈채를 받는 일을 선택하라.

일의 성패는 오직 타인들의 호의에 달려 있다.

꽃이 피어나는 데는 따뜻한 남풍이 필요하듯 재능에는 타인들의 인정이 반드시 필요하다.

이는 우리의 호흡과 생명의 관계와도 같다.

호흡은 생명의 결정적 에너지이다.

사람들에게 존경을 받지만 갈채와는 그 거리가 멀다.

군주들도 마찬가지이다.

승리하는 자가 유명해진다.

그래서 아라곤의 왕들은 전사나 정복자, 영웅이 되어 그토록 높은 영예를 얻었다.

재능이 있는 자라면 모든 사람에게 돋보이고 다른 모두에게 영향력을 미치면서 칭송받는 관직을 택하라.

그러면 대중의 목소리는 그에게 영원불멸의 명성을 반드시 안겨 주리라.

77. 첫마디를 조심해라

상대방의 첫 번째 정보를 믿고 그대의 모든 것을 걸지 마라.

어떤 사람은 첫 번째 정보만을 귀담아 듣고 곧장 귀를 닫아 버린다.

그러나 거짓은 대개 앞장서서 등장하므로 이런 사람은 뒤따르는 진실에게 관심 쏟을 여지가 없다.

첫 번째 정보로 우리의 본성의 눈도 멀게 해서는 안 된다.

이는 자신의 정신이 빈약함을 그대로 드러내는 것이다.

그것이 주변에 알려지면 파멸 쪽으로 성큼 다가간 것과 같다.

이렇게 되면 그대의 그런 습관을 이용하려는 나쁘고 간악한 사람들이 주위에 몰려들기 때문이다.

나쁜 마음을 가진 자들은 자신을 쉽게 믿는 사람들을 자기 패로 끌어들이려고 치밀하게 움직인다.

그러므로 항상 두 번째, 세 번째 정보에도 마음의 문을 열어 놓아야 한다.

첫 정보에 대뜸 마음이 기울어지는 것은 자신의 능력 부족을 드러내는 것이며 이는 가장 위험한 것이다.

 ## 78. 절교의 기술

칼로 무를 베듯이 상대와 절교하지 마라.

한 번의 절교로 상대의 명망과 가슴은 깊이 상처를 입기 쉽다.

그대와 헤어진 친구는 그대에게 가장 어려운 적이 될 수 있다.

그는 그대의 과실을 대중에게 잘 드러내 보임으로써 자신의 치부를 감추려 하기 때문이다.

세상 사람들은 누구나 자기나 원하는 대로 보려 하고, 자기에게 보이는 대로 말하기 마련이다.

남들이 그대를 질책하면 이는 그대가 애초에 주의가 없었거나 마지막에 인내심이 부족했기 때문이다.

친구와 헤어질 때가 오면 서로 뜨거웠던 마음이 서서히 식도록 유도하라.

이는 상대에게 분노를 폭발시킴으로써 파괴적으로 매듭짓는 것에 비하면 좋은 지혜이다.

 ## 79. 변명은 짧게하라

세상을 살아가면서 필요 없는 변명을 늘어놓지 마라.

이러한 일은 잠자고 있던 불신을 일깨우는 격이 된다.

지혜로운 사람은 남의 의심을 눈치 채지 못한 척한다.

그럼으로써 골칫거리에 다리를 들이밀지 않는다.

이런저런 변명보다는 다음 기회를 기다리는 편이 낫다.

그때 올바른 행동으로 곧장 자신에 대한 불신을 뒤집는다.

80. 자기와 남에게 얽매이지 마라

자신에게도 그리고 타인에게도 완전히 얽매이지 마라.

이것은 둘 다 그대에게는 독재자와도 같다.

오직 자신을 위해서만 사는 사람은 독선과 아집에 빠져 마침내 모든 것을 독식하려 한다.

이런 사람은 세상을 살아가면서 하찮은 일에도 절대로 남에게 양보하지 않고 조금도 자신을 희생하려 하지 않는다.

그는 고독의 고통이 뼈에 사무칠 때에야 비로소 자신의 잘못을 깨닫게 된다.

그대여!

때로는 남이 나에게 속하도록 나도 남에게 속할 줄 알라.

공직에 몸을 담고 있는 사람은 공공의 노예가 되어야 한다.

이렇듯 남에게만 속하는 사람이 있다.

그들의 어리석음이 지나쳤기 때문이다.

이들은 하루 한시도 자신을 생각하지 않고 지나치게 타인 위주로 살았기 때문에 모든 사람의 공복이라는 칭송을 들을 수는 있다.

이것이 지나치면 그들은 마침내 분별력을 잃고 남을 위한 일을 꿰뚫어 보되 정작 자신을 위해서는 아무것도 모르는 자가 된다.

신중한 자라면 사람들이 그를 찾는 것이 아니라 그가 가지고 있는 이익을 찾고 있음을 알아야 한다.

81. 자신을 스스로 칭찬하지 마라

자신에 대해 남에게 쉽게 말하지 말라.

자신의 몸과 마음의 움직임을 유심히 관찰하고 혀의 움직임을 멈추게 하라.

자기 입으로 자신을 칭찬하는 것은 허영심이고, 스스로 책망하는 것은 소심함이다.

말하는 자에게서 어리석음이 드러나면 듣는 사람은 괴롭고 혐오스럽기까지 하다.

이것은 일상적인 인간관계에서도 반드시 피해야 할 일이다.

더욱이 높은 지위에 있거나 사람들이 모이는 화합에서는 두 말할 것도 없다.

말하는 사람에게서 조그만 약점이 드러나면 사람들은 그를 금세 어리석은 자로 여긴다.

아무리 현명한 사람이라도 남들 앞에서 말할 때 그들의 아첨이나 질책 둘 중 하나의 위험에 빠질 수 있다.

 ## 82. 항상 정당한 쪽을 선택하라

이미 유리한 쪽에 선 경쟁자 때문에 절대 나쁜 쪽에 서지 마라.

상대방이 한 발 앞서 좋은 쪽을 택했다고 적대감에 휩싸여 일부러 나쁜 쪽을 선택하는 것은 곧 어리석은 짓이다.

현명한 자는 결코 감정적으로 일을 선택하지 않고 항상 정당한 쪽을 선택한다.

물론 처음부터 더 나은 것을 염두에 두고 좋은 쪽에 가담했을 경우도 있지만, 이때 자신의 적수가 어리석다면 곧장 방향을 바꿔 억지로 반대편인 나쁜 쪽에 설 것이다.

상대방을 좋은 쪽에서 쫓아내기 위한 유일한 방법은 자신이 좋은 쪽을 선택하는 것이다.

이때 상대방이 어리석다면 당연히 좋은 쪽을 놓칠 것이다.

83. 자신을 과시하는 기술

가끔 자신을 상대에게 마음껏 과시하라.

그대의 재능이 휘황찬란한 각광 속에 휩싸이는 순간, 인생에서 누구에게나 이런 기회는 한 번쯤 찾아온다.

그것을 꼭 붙잡아라.

인간의 삶 전체가 다 승리의 날이 될 수는 없다.

독수리의 날개 짓은 일시적이다.

화려하게 자신을 과시하는 사람에게는 하찮은 것도 그럴듯해 보이고 영광의 핵심은 더욱 찬란하게 빛난다.

뛰어난 재능에 능력까지 갖추면 기적과 같은 명성을 얻는다.

화려한 과시는 많은 것을 메워 주고 보완해 주며 주변의 모든 것들에게 생명력을 불어넣는다.

완벽한 것을 내려주는 하늘은 그것을 또한 완벽하게 배치한다.

이것은 둘 중 하나만으로는 적합하지 못하기 때문이다.

그러나 남에게 과시하는 데도 반드시 기술이 필요하다.

제때에 드러내지 못하면 이는 조악하고 매우 유치해진다.

그렇다고 거짓치레를 해서는 결코 안 된다.

허영과 경멸스러운 제스처 때문에 이윽고 한계를 드러내면 사람들에게 쓰레기 취급을 받게 될 것이다.

삶은 천박함을 경계하고 절제를 해야 한다.

지나침은 언제나 금기해야 한다.

때로는 침묵을 지키고 방심한 듯한 태도로 오히려 자신의 완벽함을 상대에게 보여주어야 한다.

그런 식의 노련한 은폐가 효과적인 과시가 될 수 있다.

그러한 무심함이 그들의 호기심을 자극할 수 있기 때문이다.

또 완벽함을 한꺼번에 드러내지 않고 상대에게 조금씩 보여주는 것도 노련한 수완이다.

그대의 빛나는 업적은 더 큰 업적의 담보가 되어야 하고, 모든 찬사 속에는 다음 찬사에 대한 기대가 놓여 있어야 한다.

84. 유머를 너무 즐기지 마라

농담을 너무 즐기지 마라.

사람은 진지할 때 그의 이성이 드러나고 농담보다 더 많은 명예를 자신에게 가져다준다.

농담을 너무 즐기는 사람은 진지한 일을 결코 할 수 없다.

사람들은 자신도 모르게 그를 거짓말쟁이로 취급한다.

거짓말쟁이에게서는 거짓말이, 익살꾼에게서는 익살 자체가 문제가 된다.

그런 사람은 도대체 분별력이 없다.

어쩌면 분별력이 너무 많아서 마치 없는 것 같다.

쉴 새 없는 익살처럼 어울리지 않는 것도 없다.

어떤 사람들은 대중적인 익살꾼이 되어 사람들로부터 명성을 얻기도 한다.

그러나 그 대가로 지혜로운 자라는 명성을 잃기 쉽다.

약간의 농담은 진지함을 빛내는 수단이 될 수 있지만, 농담꾼에게 있어 진지함은 웃기지 않는 농담일 뿐이다.

85. 유머의 함정

상대의 농담에는 항상 너그러움을 보여라.

그리고 타인을 상대로 한 농담은 함부로 남용하지 마라.

전자는 일종의 예절이지만, 후자는 언제든지 문제를 일으킬 수 있다.

들뜬 분위기 속에서 기분을 상한 사람은 야수가 되기 쉽다.

좋은 농담은 때로는 주어진 분위기를 살린다.

이를 적당히 잘 받아 주는 자는 지혜로운 사람이다.

하지만 농담에 흥분하는 사람은 주변도 흥분하게 만들고 만다.

그러므로 바람직한 것은 농담을 받아들이지 않는 것, 최선책은 농담인지 아닌지조차 모르는 것이다.

저마다 심각한 분쟁 중에 그 시작은 농담으로부터 비롯된 경우가 종종 있다.

그대에게 호의적인 사람은 농담으로 받아줄 것이다.

그러나 그대가 실수하기를 기다리고 있거나 그대의 농담에 마음이 상한 사람은 그 농담을 비열한 공격쯤으로 여기고 말 것이다.

86. 동정심의 병폐

사람들의 동정심 때문에 불행한 자의 운명을 자신의 것으로 받아들이지 마라.

누군가의 불행이 다른 사람에게는 행복일 경우가 있다.

왜냐하면 다른 사람이 불행해져야만 다른 어떤 사람이 행복해질 수 있다고 믿는 사람이 있기 때문이다.

불행한 자는 항상 남들의 연민을 구걸하여 그것으로 자신이 처해 있는 운명의 시련을 보상받고자 한다.

어떤 사람이 행복의 정상에 있을 때는 모든 사람들이 그를 싫어했지만, 그가 불행해지자 모두 그를 동정하는 경우를 우리는 종종 본다.

자기보다 뛰어난 자에 대한 질투는 그가 추락한 후에는 연민으로 변한다.

그러나 현명한 자라면 운명의 카드가 자주 뒤섞인다는 것을 잊지 않는다.

세상에는 항상 불행한 사람들과 어울림으로써 상대적으로 행복을 누리는 사람들이 있다.

어제는 그가 행복한 자라 하여 많은 사람들이 시기했으나, 오늘은 마침내 그가 불행한 자가 되어 사람들의 연민에 둘러싸여 있는 자를 유심히 살펴보라.

이는 지혜와 거리가 먼 사람이다.

🌿 87. 친구를 보고 그대를 평가한다

인생을 살면서 친구를 잘 선택하라.

친구는 여러 차례 사귀어 보고 잘 선택해야 한다.

단순한 자기 통찰에 의해서 그리고 시간을 때우기 위해 일부러 만든 친구들도 있지만, 대부분의 친구는 우연히 생긴다.

사람들은 그 친구의 행동을 보고 그대를 평가한다.

그러나 어떤 사람이 좋아지더라도 곧 절친한 친구 관계가 되는 것은 아니다.

이는 그의 능력을 신뢰해서라기보다는 그와의 만남에서 오는 호감일 수도 있다.

세상에는 진실한 우정과 진실하지 못한 우정이 있다.

후자는 오락을 위한 것이고, 전자는 훌륭한 생각과 행동의 결실에서 오는 것이다.

친구 한 명의 유능한 통찰은 다른 많은 사람들의 선의보다 더 쓸모가 있다.

그러니 항상 우연에 맡기지 말고 자신이 직접 선택하라.

지혜로운 자는 불쾌한 일을 슬기롭게 피할 줄 알지만, 어리석은 친구는 오히려 이를 가져올 뿐이다.

또한 친구와 오랫동안 친밀한 관계를 유지하고 싶으면 그에게 너무 큰 행운이 오기를 바라지 마라.

제 3 부

명예로운 삶을 위한 지혜

1. 열심히 살아라

어떤 일을 하는 척만 하지 말고 실제로 열심히 하라.

많은 사람들은 자신이 정말 중요한 일을 하고 있는 것처럼 몹시 뽐내고 싶어 한다.

별로 하는 일도 없이 그들은 우쭐댄다.

사람들은 자신이 하는 일이라면 아주 하찮은 일도 마치 엄청난 일인 양 과대 포장하기를 좋아한다.

이들은 작은 일을 하면서도 큰 대가를 바란다.

이것은 어리석은 짓이다.

그대가 진정으로 지혜롭다면 자신이 세운 업적이나 장점을 결코 남 앞에 드러내지 마라.

남이 모르게 행동하고 남들이 이야기하도록 내버려두라.

자신의 행동을 보이되 이를 스스로 광고하지 마라.

영웅처럼 보이기보다 정말 영웅이 되려고 노력하라.

2. 내면의 완성

그대 내면의 견고함은 모든 일의 초석이다.

높고 큰 계획이 있다면 내면을 더 깊고 단단히 다져라.

그 내면의 완성은 결코 양에 있지 않고 질에 있다.

뛰어난 것은 언제나 드물고 귀하며, 흔한 것은 그와 반대로 많고 가치가 떨어진다.

태어날 때 사람은 누구나 비슷한 정도의 능력과 행동방식을 가지고 태어난다.

하지만 어떻게 자신의 내면을 다듬었는가에 따라 목표와 열정이 달라진다.

이 차이는 나이가 들수록 점점 벌어져 결국 나중에는 지도자와 숭배자의 격차로 벌어지기도 한다.

그대의 평범함은 재능과 환경 탓이 아니다.

큰 세상을 본 사람은 큰 꿈을 꾼다.

마찬가지로 큰 뜻을 품은 사람은 자신의 내면에서 큰 뜻을 건져 올린다.

3. 긍정의 힘

매사에 긍정을 발견할 줄 알라.

어떤 근심이나 문제 속에서도 긍정적인 부분은 있다.

세상에 내놓을 것이 하나도 없는 사람은 자신이 장수하리라는 데서 위안을 찾는다.

아무것도 가지지 않고 내세울 게 없는 자에게는 지금 살아 있다는 자체만으로도 큰 위안이다.

단지 오래 살고 싶다면 스스로의 쓸모를 증명하려 노력하지 않는 것도 좋은 방법이다.

부질없는 쓸모를 위해 자신의 건강과 목숨마저 함부로 하는 이들이 얼마나 많은가!

이럴 경우 쓸모없다는 것은 긍정의 힘이 될 수 있다.

질이 나쁜 그릇은 잘 깨지지 않는다.

운명은 마치 중요한 사람들을 질투하는 것 같다.

운명은 쓸모없는 사람들에게는 긴 수명을, 중요한 사람들에게는 짧은 수명을 부여하기 때문이다.

긍정은 최악의 사태에서도 반드시 그 옷깃을 보여준다.

어떤 상황에서도 긍정을 믿는 것은 그대를 위로하는 최선의
힘이 될 것이다.

4. 행복할 때 불행에 대비하라

자신이 행복할 때 불행을 잘 살펴라.
행복할 때는 타인들의 호의를 쉽게 살 수 있고 우정도 곳곳에
넘친다.
이때 불행이 찾아올 때를 대비해 저장해두는 것이 좋다.
그때를 위해 친구를 만들고 사람들에게 은혜를 베풀어라.
지금은 비록 높이 평가되지 않지만 언젠가는 자신에게 귀하게
여겨지리라.
미련한 사람은 행복할 때 친구를 곁에 두지 않는다.
자신에게는 행복이 언제까지 계속되리라는 착각 때문이다.
지금 행복할 때 친구를 잊고 있으면 그대가 불행할 때 친구가
그대를 알지 못할 것이다.

5. 칭찬의 본질

나를 제외한 사람들의 장점을 발견하려 노력하라.

사소한 것이라도 장점을 보거든 그 사람을 칭찬하라.

사람들은 때로 이득을 취하기 위해 형식적인 칭찬을 하는 경우가 있다.

이런 칭찬은 대가를 염두에 두고 있기 때문에 칭찬을 듣는 사람도 상대방의 의도를 간파하고 만다.

진심으로 상대방의 장점을 칭찬하라.

칭찬은 그 사람의 자신감을 높여줄 뿐만 아니라 그대의 든든한 동지를 만드는 가장 효과적인 방법이다.

단점과 약점을 들추어 상대를 공격하는 것은 상대방뿐만 아니라 그대에게도 해롭다.

상대는 그대를 적으로 생각할 것이고 그대의 위신은 바닥으로 떨어질 것이다.

칭찬을 듣는 것보다 칭찬하는 사람이 되라.

6. 명예의 미덕

사귐에 있어 명예를 존중하는 사람과 교제하라.

그런 사람과는 자신이 목적한 바를 이룰 수 있다.

그들의 명예가 곧 행동의 보증수표이기 때문이다.

그들에게 비록 불화가 있더라도 그들은 항상 자신의 위신을 헤아리면서 신중하게 행동한다.

명예를 중히 여기는 사람과 다투는 것이 부당한 사람들을 이기는 것보다 낫다.

그리고 명예를 가볍게 여기는 사람과는 거리가 멀수록 좋다.

그에게 정직에 대한 의무감이 없기 때문이다.

명예를 중시하지 않는 자는 결코 정직과 믿음을 소중히 여기지 않는다.

명예는 바로 정직과 신뢰의 왕관이다.

칭찬을 자주 하다 보면 그대의 성품은 한결 관대하고 고귀해질 것이다.

어느새 그대는 그대를 빛내고 싶어 안달하는 사람들과 함께하게 될 것이다.

7. 인내심의 미덕

세상을 살면서 웬만한 일에는 참을 줄 알라.

지식인은 인내심이 부족하기 쉽다.

그 이유는 지식이 늘면 성급함도 늘기 때문이다.

에픽테트는 이렇게 말했다.

"인간의 최고의 처세는 참을 줄 아는 것이며, 지혜의 절반은 참는 데 있다."

우리는 우리가 제일 의지하는 사람에 대해서는 종종 인내심을 발휘한다.

이는 자기 자신을 이기기 위한 좋은 연습이다.

참을 때 평화가 찾아오고 세상이 행복해진다.

그러나 참는 성품이 없는 자는 자신 속으로 도피하라.

만일 자기 자신을 참는 일이 그래도 가능하다면.

8. 시간을 즐겨라

매사에 시간을 적당히 나눠 쓰면 자신에게 주어진 시간을 즐길 수 있다.

많은 사람들은 그들의 인생보다 건강과 행운을 먼저 끝내고 만다.

그 행운을 나누어서 즐기기보다는 어느 한 순간에 도취되어 버리기 때문이다.

그리고 나중에 자신에게서 행운이 멀리 떠난 후 아쉬워한다.

유심히 살펴보면 그들에게 특별한 마음이 있다.

그들은 인생의 기쁨 속에서도 온갖 걱정거리를 스스로 만들어서 쥐처럼 미래를 갉아먹는다.

그들은 성급하여 모든 즐거움도 사랑도 허겁지겁 해치운다.

사람은 지식을 얻을 때도 차라리 안 배우는 편이 더 나을 경우도 있다.

사람의 시간은 기쁠 때보다 그렇지 않을 때가 더 많다.

그러니 놀이는 천천히, 일은 빨리 마치는 것이 좋다.

9. 장인과 예술

아무리 아름다운 대리석 장식도 석공이 다듬지 않으면 그저 돌일 뿐이다.

아무리 뛰어난 석공도 연습하고 노력하지 않으면 얕은 장사치에 지나지 않는다.

그저 돌에 불과한 재료를 아름다운 조각품으로 만드는 것은 바로 예술의 혼 때문이다.

예술의 혼은 자연의 완벽한 균형과 조화를 따르려는 인간의 노력이며, 오랜 시간과 관찰을 통해야만 비로소 아름다움으로 빛을 발할 수 있다.

마찬가지로 인간의 성정 또한 늘 갈고 닦지 않으면 금수의 경계를 벗어나지 못한다.

늘 자신의 몸과 마음을 조각하는 장인의 자세로 자신을 계발하라.

그것만이 스스로를 인간답게 하고 아름다움을 만드는 유일한 방법이다.

10. 사랑과 존경의 가치

남에게 존경과 사랑을 동시에 받기는 매우 어렵다.

대부분 존경을 받기 위해서는 사랑을 포기하는 것이 현명하다.

사랑과 존경은 함께 얻기가 몹시 어렵다.

사람들에게 너무 두려운 존재가 되어서도 안 되지만 지나치게 사랑을 받는 것도 삼가는 게 좋다.

사랑을 하면 남을 신뢰하게 되고 더욱 신뢰할 때마다 존경심은 그만큼 후퇴한다.

사람들에게서 존경을 받는 것이 그들의 헌신적인 사랑을 받는 것보다 낫다.

 ## 11. 지혜로써 존경을 받아라

타인에게 결코 부정직하다는 평을 듣지 마라.

세상에 그런 사람들이 만연해 있을지라도 교활한 사람이 아닌 신중한 인격의 가치를 지녀라.

자신의 행동이 겸허하면 마침내 모든 사람들의 마음에 들게
된다.

그러나 정직함이 우둔함이 되지 않고 영리함이 악의가 되지
않게 하라.

간계로 남의 두려움을 사기보다는 지혜로써 남에게 존경을 받
아라.

매사에 솔직한 사람은 사랑은 받지만 속아 넘어가기도 쉽다.

남들에게 부정직하게 보이기 쉬운 것을 감추는 것도 수완이다.

과거의 황금시대에는 솔직함이 일상적이었지만 이 칼날 같은
결핍의 시대에는 악의가 판을 친다.

남으로부터 뭔가 능력 있는 사람이라는 평판을 얻기 위해서
악의 수단을 쓰지는 말아라.

부정직은 어느 집단에서나 환영받지 못하는 악덕이다.

12. 지혜를 찾아라

세상을 살면서 항상 배울 점이 있는 사람과 교제하라.

진심으로 우정 어린 교제는 그 자체가 즐거운 것이다.

친구를 스승 삼아 배움과 즐거움을 동시에 얻을 수 있다.

그러므로 신중한 사람은 허영에 가득 찬 궁전보다 위대한 지혜가 서려 있는 오래된 집을 방문한다.

그런 친구의 집에는 세상을 살아가는 적절한 처세와 지혜로 명성을 떨친 사람들이 모여들게 마련이다.

그런 친구에게는 자신이 본보기가 된다.

또한 그들이 말하는 위대한 예언과 그들이 사귀는 사람들로 인해 온갖 훌륭하고 고귀한 지혜의 아카데미가 열려 있다.

13. 베풂의 미덕

세상을 살며 다른 이에게 호의를 베풀어라.

그러나 한꺼번에 크게 하려고 욕심내지 말고 자신이 할 수 있는 만큼만 하라.

남들에게 호의를 베풀 때는 지나치게 베풀지 마라.

그대가 베푸는 호의가 지나치면 상대방은 그대를 어리석게 여길 것이다.

또한 원치 않는 호의를 함부로 베풀지 마라.

상대방이 필요로 하지 않는 호의는 지나친 간섭과 잔소리가 될 뿐이다.

호의를 베풀었거든 남들이 그대의 선행을 알아주기를 바라지 마라.

호의를 자랑하면 은혜를 입은 사람도, 그 말을 듣는 다른 사람도 그대를 잘난 척하는 허풍선이로 여길 것이다.

필요한 사람에게 필요한 만큼의 호의와 대가를 바라지 않는 헌신적인 호의를 보일 때 그대는 존경받는 사람이 될 것이다.

14. 바보와 현자

결코 바보처럼 죽지 마라.

이 세상의 대부분의 현자들은 분별력을 잃으면 죽는다.

그러나 바보들은 좋은 충고를 많이 들으면 죽는다.

바보는 자신의 너무 많은 생각에 항상 눌리는 사람이다.

어떤 사람들은 생각하고 느끼기 때문에 죽고, 어떤 사람들은 생각도 안 하고 느끼지도 못하기 때문에 산다.

그 이유는 후자는 고통 없이 죽기 때문에 바보요, 전자는 고통으로 죽기 때문에 바보다.

그러나 너무 분별력이 많아 죽는 자도 역시 바보다.

어떤 사람들은 분별력이 있어서 죽고, 어떤 사람들은 분별력이 없어서 산다.

많은 사람들이 바보인 것을 스스로 한탄하면서 죽지만, 진짜 바보는 그럴 필요를 느끼지 못하므로 죽지도 않는다.

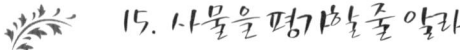

15. 사물을 평가할 줄 알라

모든 사람은 나름대로 어떤 일에 있어 남의 스승이 될 수 있다.

한 사람의 능력을 뛰어넘는 빼어난 사람이 있기 마련이다.

세상의 지혜로운 자는 스승을 찾아내는 능력이 매우 뛰어나다.

그리고 사람뿐만 아니라 일에서도 매사에 좋은 것을 발견하고,

또 하는 일을 좋게 하려면 무엇이 자신에게 필요한지 잘 안다.

우둔한 자의 특징은 사람이나 사물에 주의를 기울이지 않는다는 결점이 있다.

그들은 자신의 좋은 것을 알지 못한 결과로 오랜 고민 끝에 나쁜 것을 스스로 선택한다.

그리고 어리석은 선택의 결과가 미치는 최악의 상황에 대해 마치 최선의 선택인 것처럼 치장하려다 결국 그 수렁에서 벗어나지도 못한다.

16. 지혜는 명예의 승리다

매사에 뛰어난 분별력을 항상 길러라.

이것은 그대가 행동하고 말할 때 첫째 가는 방법이다.

당신의 지위가 세상에서 높아지면 높아질수록 작은 지혜가 빼어난 재주보다 오히려 나을 때가 있다.

그러므로 남으로부터 커다란 박수갈채를 받지 않고도 안전하게 갈 수 있다.

지혜롭다는 사람들의 평판은 곧 명예의 승리이다.

그러나 진정 지혜로운 자들은 그들의 판단이 성공한 행동의 모범이 되었다는 것으로 스스로 만족할 줄 알아야 한다.

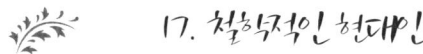

17. 철학적인 현대인

세상의 일에 편견 없이 현명하고 철학적인 현대인이 되라.

그러나 일부러 꾸며서 남에게 그렇게 보이지는 마라.

철학의 위신은 땅에 떨어졌다.

그럼에도 불구하고 철학은 여전히 현자가 할 최고의 일거리다.

오늘날에는 부당한 것이 그 자리를 대부분 차지했다.

그럼에도 불구하고 기만을 발견하는 것은 현대인의 정신에 양식이 되고 올바른 자들의 기쁨이 된다.

18. 야망의 가치

숭고한 야망은 영웅에게 필요한 첫째 조건이다.

야망은 어떤 위대한 일을 성취하고자 하는 자에게 박차를 가하기 때문이다.

야망은 그것을 품은 사람의 가슴속에서 항상 고개를 쳐들고 그를 격려한다.

때로는 그에게 엄청난 압박이 가해지더라도 그의 야망은 내면에서 빛나며, 아무리 험한 운명이 그의 노력을 수포로 만들려 해도 더 굳건한 의지로 되돌아온다.

크고 강한 야망 속에 사람의 대범함, 고귀함, 모든 영웅적인 성품이 곧잘 드러난다.

 ## 19. 명성을 지켜라

명성을 얻었으면 이를 잘 지켜라.

훌륭한 명성을 얻기까지 그대는 시간과 노력을 많이 쏟아 부었을 것이다.

명성은 뛰어난 자질과 성품만으로 얻어지는 것이 결코 아니기 때문이다.

일단 명성을 얻게 되면 더 큰 효과를 갖게 된다.

명성은 그 근본이 고귀하므로 사람들에게 한번 인정을 받으면 그에 걸맞는 위엄이 따른다.

그러나 명심해야 할 것은 진실한 근거가 있는 명성만이 오래 지속된다는 것이다.

20. 기술의 정수는 깊이 간직하라

기술의 정수는 자신 깊숙이 간직하라.

남보다 뛰어나고 그 부문에 대가로 남고 싶으면 기술을 전달할 때도 오직 자기만의 비법은 남겨두어야 한다.

특별한 이유가 없다면 그 가르침의 근본까지 드러내서는 안된다.

그래야 자신의 명망을 지키고 그대의 권위를 유지할 수 있다.

남의 마음을 받아들이고 그들을 가르칠 때도 그 규칙은 꼭 지켜야 한다.

상대를 늘 경탄하게 하고 늘 자신을 완벽하게 유지하라.

매사에 있어서 여백을 남겨두는 것은 좋은 처세훈이다.

자신의 힘을 유지하기 위해서 그리고 또 남보다 뛰어난 위치에 있기 위해서이다.

21. 아름다운 퇴장

승리했을 때 행운의 자리를 곧장 떠나라.

유명한 도박사들은 항상 그렇게 행동한다.

멋진 후퇴는 용감한 공격과도 같은 가치가 있다.

자신의 승리가 만족스럽고 위대할 때 이를 굳건히 하고 앞으로 닥쳐올 위험을 막아야 한다.

행운은 마치 파도와 같은 것이어서 적절한 때에 멈추면 더 안전하며 그 맛도 달콤하다.

세상의 커다란 행운이라는 은총은 대개 지속하는 시간이 매우 짧다.

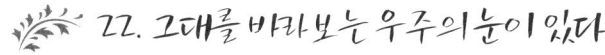

우주의 눈이 항상 그대를 따라다닌다고 믿어라.

주위에서 자신을 살펴보는 눈이 있음을 아는 사람들의 말과 행동은 생각이 깊다.

그는 우주 천지에 그를 바라보는 눈이 있음을 안다.

그는 혼자 있을 때도 마치 온 세상이 자기를 주시하고 있는 듯이 모든 일을 신중하게 행동한다.

어차피 나중에 다 알게 될 일이라면 혼자 있는 동안에도 우주의 눈에게 자신의 행동을 보여주어 앞으로 자신에게 다가올 행운을 위한 증인으로 삼아라.

 ## 23. 진정한 만족

매사에 만족함이 없도록 주의하라.

비록 감로주의 술잔일지라도 몸에 충분히 배기 전에 곧장 입술에서 떼어야 한다.

자신의 욕구야말로 가치의 척도가 되기 때문이다.

갈증조차도 마찬가지로 일단 가라앉히되 완전히 해소해서는 안 된다.

좋은 것의 값어치는 양이 적을 때 반드시 나타나는 법이다.

어떤 사람의 마음에 들려면 먼저 마음의 갈증을 돋우는 것이
좋은 방편이다.

상대에게 진정한 만족을 만끽하려면 처음부터 지나치게 맛을
보이기보다 맛을 덜 보이는 것이 훨씬 더 낫다.

그러면 그대는 나중에 힘들게 얻은 행운을 갑절로 즐길 수 있
을 것이다.

 ## 24. 깨어 있는 지혜

지혜는 자신의 능력을 항상 감추려고 노력한다.

사특한 지혜는 가끔 상대에게 거짓 의도를 드러내기도 하고,
뒤돌아서서는 뜻밖의 것으로 마침내 승리를 이끌어낸다.

승리를 위해 예리한 주의력으로 교묘하게 상대를 속이고 염탐
한다.

그런 지혜는 늘 사람들이 알려주는 것의 뒷면을 파악하고, 일
부러 거짓 표정을 짓기도 한다.

그리고 술책을 바꾸려고 게임도 바꾼다.

그리하여 실체를 상대에게 허상처럼 보이게 한다.

때로 완벽한 솔직성에 속임수가 들어 있다.

그러나 깨어 있는 지혜는 드러내지 않고 상대방의 의도를 관찰한다.

그 예리한 눈빛으로 빛 속에 숨겨진 그림자를 예의 주시한다.

그리하여 그것이 솔직하게 보이려고 할수록 더욱 기만적이었던 그 의도를 속속들이 밝혀낸다.

 ## 25. 이성의 철저함

깊이 생각하는 것이 결국 빠르고 안전하다.

즉석에서 만든 것은 즉석에서 없어지기 쉽다.

영원히 지속되는 것은 그것이 생겨날 때까지 반드시 오랫동안의 깊은 성찰이 필요하다.

이성의 철저함은 마침내 불멸의 작품을 창조한다.

높은 봉우리에서 시작되는 강물을 보라.

처음 작은 냇물에 불과했던 물줄기는 점차 다른 냇물들과 만나 머나먼 바다를 향해 여행을 시작한다.

그 여행은 수천, 수십만 년 동안 최적의 길을 택해 마침내 바다에 이른다.

사람도 마찬가지다.

불과 며칠 사이에 완성되는 사람은 없다.

수많은 좌절과 역경을 헤치고 자신만의 최적의 길을 찾은 사람만이 결국 완성된 삶을 사는 것이다.

26. 이미 얻은 행복을 헤아려라

자신의 행복을 수전노처럼 꼼꼼히 헤아려 보라.

이것이 자신의 성품을 관찰하는 것보다 더 중요하다.

자신의 행복을 헤아리는 것은 곧 행운을 부르는 바람이다.

행복의 걸음걸이는 불규칙하여 리듬을 맞추기가 결코 쉽지 않지만, 때로는 느긋하게 기다리면서 때로는 거세게 밀어붙이면서 자신에게 유리하다고 생각되면 곧장 나아가라.

행복은 아름다운 여성처럼 젊은이들을 사랑한다.

하지만 불행을 만나면 더 이상 아무것도 하지 말고 자신을 바로 움츠릴 줄도 알아야 한다.

이것은 지나간 불행을 거울삼아 두 번째 불행을 만나지 않도록 하기 위함이다.

27. 자연 속에서 삶의 교훈을 배워라

아직 미완성된 일은 결코 남에게 보여주지 마라.

시작 단계에 있는 일은 아직 모습이 없는 상태인데도 이는 상대의 상상력 속에 깊이 새겨진다.

미완성의 단계에 있는 작품을 보면 그 기억은 오래 남아 비록 나중에 완성되더라도 선입견을 만들 수 있다.

위대한 작품은 단 한번에 그 완벽함을 보여주어야 한다.

그래서 훌륭한 대가는 아직 맹아의 상태에 있는 자신의 작품을 결코 남에게 보여주지 않는다.

자연 속에서 삶의 교훈을 배워라.

자연은 언제나 넘치지도, 모자라지도 않는 완벽한 균형을 선택한다. 그 외에는 냉혹한 죽음뿐이다.

다시 오지 않을 기회처럼 조용히 자신의 일에 정성을 쏟아라.

봉우리 속에 자신의 아름다움을 숨기는 꽃의 지혜를 배워라.

28. 어리석은 사람과 훌륭한 사람

바보가 맨 나중에 하는 일을 현명한 자는 맨 먼저 한다.

둘 다 같은 일을 시작하지만 분명히 다르다.

음식을 잘 만드는 사람을 살펴보라.

같은 재료를 가지고도 먼저 익혀야 할 것과 나중에 익혀야 할 것의 때를 분명히 안다.

일류 요리사처럼 현명한 자는 모든 일을 제 때에 알아서 할 뿐이다.

이성적 판단이 뒤틀린 사람은 모든 일을 바꿔서 한다.

그들은 먼저 할 일을 나중 일로 만들어 버린다.

그래서 나중 일을 먼저 하다가 그 일을 수습하느라 시간을 모두 낭비하고 만다.

29. 말과 행동의 구별

말할 때와 행동할 때를 잘 살펴라.

그러기 위해서는 고도의 계획과 섬세한 실천력이 필요하다.

그대에게 좋은 평판도 없고 나쁜 행동도 없으면 좋은 일이 아니다.

그러나 나쁜 평판이 없고 그것을 개선하려는 좋은 행동도 없으면 더 나쁜 일이다.

말은 마치 바람과 같아서 막을 수가 없다.

인생을 살아가면서 말로만 하고 살 수는 없다.

경우에 따라 그것은 말만 하는 허울 좋은 예의이다.

말은 행동이라는 담보가 반드시 있어야 한다.

그래야 비로소 그 말의 가치가 진정으로 살아난다.

열매는 못 맺고 잎사귀만 무성한 나무는 생명력이 없다.

열매를 맺지 못하는 나무는 오직 스치는 사람들의 그늘만을 위한 것임을 알라.

30. 지혜와 성실의 가치

지혜와 성실로 자신의 설 자리를 마련하라.

진실한 명망을 얻는 유일한 방법은 자신의 업적을 스스로 쌓는 것이다.

성실성이야말로 진정한 가치의 근본이다.

명성은 자신의 지혜와 성실을 통해서만 찾아온다.

흠잡을 데가 없는 지혜만으로는 불충분하다.

그리고 무작정 애만 쓰는 성실성도 가치가 없다.

지혜로움과 성실함으로 명확한 업적을 달성하는 것만이 성공의 지름길이다.

 ## 31. 이성과 감성

심장과 머리는 가장 가까운 곳에 있으면서도 저마다 서로 다른 일을 열심히 한다.

심장은 뜨거운 것이 좋고 머리는 차가운 것이 좋다.

성질은 반대지만 어느 한 쪽이 없으면 사람은 결코 행복할 수 없다.

차가운 이성은 그대의 삶을 순탄하게 해 줄 것이다.

그러나 뜨거운 감성이 더해지지 않는 한 그 삶은 풍요롭다고 할 수 없다.

마찬가지로 뜨거운 마음은 있어도 분별력이 없다면 그 삶 또한 행복하지는 않을 것이다.

사람을 대할 때 최대한 뜨겁게 호응하라.

그대에게 적대적인 사람까지 포용할 수 있는 날카로운 지성을 겸비한다면 그대의 삶은 성공이라 말할 수 있을 것이다.

32. 폭풍이 오면 돛을 내려라

인생을 항해하는 동안 자신에게 다가오는 수많은 소용돌이와 맞닥뜨리게 된다.

그럴 때는 안전한 항구와 같은 침묵 속에 머무는 것이 가장 안전한 삶의 지혜이다.

의사는 처방할 줄 아는 만큼 처방 없이도 치료하는 법을 알 필요가 있다.

인간은 때로는 특별한 생각 없이 일을 처리하는 것이 가장 뛰어난 수완이다.

노련한 선장은 폭풍이 찾아오면 돛을 내린다.

삶의 소용돌이를 헤쳐가기 위해서는 오히려 뒷짐을 지고 스스로 물러설 필요가 있다.

모든 것은 제때에 양보하는 것이 결국 승리를 가져온다.

반목과 혼란의 시기에는 내버려 두는 것이 최선의 방법이다.

 ## 33. 진짜 바보

이 세상에는 진짜 바보가 있다.

그것은 자신은 스스로를 결코 바보라고 생각하지 않는데 남들은 모두 바보라고 생각하는 자이다.

현명한 자는 스스로를 현명하다고 생각하지 않는다.

또한 자신을 현명하게 보이려 치장하지도 않는다.

자신을 모르겠다고 생각하는 사람이 진실로 아는 사람이요, 다른 사람이 보는 것을 보지 못하는 사람은 제대로 보는 사람이 아니다.

세상이 정말 어리석은 자들로 가득 차 있지만, 자기를 바보라고 생각하는 사람은 그다지 많지 않다.

 ## 34. 사랑과 호의

사랑과 호의는 곧 삶의 핵심이다.

남에게 베푼 호의를 통해서 타인의 마음을 얻을 수 있다.

어떤 사람은 자신의 가치만을 크게 생각하고 남에게 결코 호의를 베풀려고 하지 않는다.

지혜로운 사람은 남의 도움 없이 자신의 꿈을 이루는 것이 아주 멀고 험한 길임을 잘 안다.

호의는 인간관계를 원활하게 하고 약점을 보완해 준다.

어떤 사람이건 매사에 용기 · 성실 · 학식 · 영리함 같은 좋은 성품을 항상 유지하며 사는 것은 아니다.

그러나 호의는 다르다.

호의는 인간관계에 있어 매 순간 발휘할 수 있다.

상대의 잘못을 일부러 감싸 주는 호의가 다음을 기약한다.

이렇게 물심양면으로 서로 호의를 나타내며 화합할 때 가족·
친구·사회·국가의 화합이 비로소 생겨난다.

 ## 35. 지식과 용기

모든 일에 용기를 가지고 뛰어들어라.

지식은 용기를 갖춤으로써 비로소 위대함을 낳는다.

용기 그 자체가 생명을 불어넣기 때문이다.

보통 사람은 자기가 아는 만큼 해낼 수 있지만, 현명한 사람은
무엇이나 할 수 있다.

성찰과 의지의 관계는 마치 눈과 손의 관계와 같다.

용기가 없는 지식은 열매를 맺지 못한다.

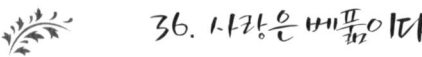 ## 36. 사랑은 베풂이다

남으로부터 사랑을 얻는 것은 큰 행운이다.

많은 사람들로부터 사랑을 얻는 것은 말할 나위 없다.

어떤 일은 자연의 은총이 좋은 기회를 만들지만 어떤 일은 노력이 행운을 만든다.

자연이 초석을 놓으면 인간은 노력으로 이를 충당한다.

제아무리 뛰어난 능력도 노력을 따라잡기는 어렵다.

남의 호의는 좋은 일을 베풀지 않고는 결코 얻을 수 없다.

마음을 활짝 열어 항상 좋은 일과 좋은 말을 하라.

행동을 더 아름답게 하라.

자신이 사랑받으려면 남을 사랑하라.

예의와 정중함은 위대한 사람들이 항상 지녀 왔던 처세술이다.

37. 자신의 명망 살리기

그대의 명망을 스스로 해치지 마라.

자신이 만든 욕망이라는 망상을 좇을 때는 더욱 위험하다.

만일 그럴 경우 찾아오는 것은 경멸뿐이다.

지혜로운 자들이 내버린 것을 주워서 그것을 마음에 들어 하는 괴상한 취향을 가진 사람들이 있다.

그런 자들은 유명해지기보다는 사람들로부터 조소의 대상이 되고 만다.

신중한 사람은 자신 있는 일에서도 남의 눈에 결코 띄지 않게 하며, 특히 자신을 조소의 대상으로 만드는 짓은 더더욱 하지 않는다.

# 38. 거울을 깨야 할 때

어둠이 찾아올 때까지 결코 기다리지 마라.

지혜로운 자는 위기가 닥치기 전에 먼저 자리를 떠난다.

그는 자신의 종말에서도 승리를 얻을 줄 아는 사람이다.

그러나 사람들은 자신이 기우는 것을 미처 모를 때가 많다.

먹구름이 끼면 우산을 찾아야 한다.

적당한 때 자신이 머물고 있는 그 자리에서 벗어나 자신의 자취를 감출 줄 알아야 한다.

진정한 미인은 거울이 거칠고 메마른 주름살을 비출 때까지 기다리지 않는다.

자신의 모습이 가장 아름다울 때 스스로 거울을 깨뜨린다.

39. 핵심만 말하라

매사에 정곡을 찔러라.

삶이 다사다난한 사람이나 화제의 주인공은 주위에 반드시 폐를 끼치기 쉽다.

단순한 것이 매력적이고 일의 진행도 쉽게 만든다.

좋은 것이 짧으면 갑절로 좋다.

나쁜 것도 수가 적으면 꼭 나쁘지만은 않다.

매사에 핵심만을 단순하게 드러내면 훨씬 효과가 크다.

특히 그대가 훌륭하다고 느끼는 사람에게 폐가 되지 않도록 항상 주의하라.

그들은 대체로 바쁜 사람들이다.

가급적 짧게 말하는 것이 그에게는 가장 좋은 말이다.

40. 좋은 취미를 가져라

자신의 취미를 잘 가꿔라.

사람이 지닌 취향과 취미를 살펴보면 그 영혼의 됨됨이도 알 수 있다.

큰 고기가 큰물을 찾듯 개인의 취향과 취미는 사람의 영혼을 비추는 거울이다.

취미가 없거나 미천한 취미를 좋아하는 사람들은 영혼이 마르거나 천박한 영혼을 가진 사람들이다.

돈을 많이 들여야만 좋은 취미가 되는 것은 아니다.

취미로 알 수 있는 것은 형식이 아니다.

취미의 높고 낮음을 떠나 그 속에는 사람의 순수한 열정과 세상을 대하는 태도가 배어 있다.

사람이 살면서 서로를 알아주는 사람을 찾기는 힘들다.

분명한 것은 좋은 취미가 있는 곳에 함께 할 좋은 사람이 있다는 것이다.

41. 지식은 길고 인생은 짧다

자신에게 도움이 될 사람을 항상 확보하라.

세상의 권력자들의 행운은 뛰어난 통찰력을 가진 사람들과 어울렸다는 데 있다.

그대보다 뛰어난 자를 자신의 후원자로 삼을 수 있다면 이는 인생 최고의 일이다.

모든 것을 통찰한 후에 무언가를 시작하기에는 인생은 너무 짧다.

각 방면에 남다른 재능을 보이는 사람들이 있다.

그 사람들의 마음을 얻으라.

그러면 내게 부족한 것들을 그들이 대신해 줄 것이다.

삼국지의 유비는 덕을 빼면 아무 것도 가지지 않은 사람이다.

하지만 그는 그 덕으로써 용맹하고 지혜로운 형제들을 얻었다.

그들이 어떻게 천하를 얻었는지 새겨봐야 할 것이다.

42. 친구를 대하는 방법

어떤 친구는 멀리 있을 때 좋고 또 어떤 친구는 가까이 있을 때 좋다.

어떤 친구는 서로 뜻이 잘 맞지 않지만 편지를 주고받기에는 제격이기도 하다.

그런 친구는 가까이 있을 때 맞지 않던 성품도 떨어져 있음으로써 깨닫게 된다.

친구와는 함께 즐길 뿐 아니라 서로 도울 줄도 알아야 한다.

친구란 우애·자비·진실, 이 세 가지 속성을 지녀야 한다.

이 세상을 살면서 친구는 그 무엇보다 소중하다.

좋은 친구가 되는 사람은 적다.

게다가 친구를 잘 대할 줄 모른다면 그 수는 더욱 적어진다.

친구관계를 유지하는 일이 사실은 새 친구를 얻는 것보다 더 소중하다.

오래가는 친구를 구하라.

갓 사귄 새 친구라도 오랜 친구가 될 수 있다는 희망을 가져라.

가장 좋은 친구는 그대가 잘못했을 때 신랄하게 꾸짖고 충고해 주는 사람이다.

이 세상에 친구가 없는 것보다 더 큰 적막은 없다.

우정은 좋은 것을 같이 키우고 나쁜 것을 서로 나눈다.

때로 힘겨운 세상을 건널 때 위안이 되고 도울 수 있는 사람이
친구다.

 ## 43. 장수의 비결

사람이 오래 사는 방법은 선하게 사는 데에 있다.

수명이 짧은 이유는 대개 두 가지가 있는데 그것은 어리석음
과 방종이다.

어리석음은 생명을 지킬 이성이 없고 방종은 생명을 지키고자
하는 의지가 없다.

미덕이 선함이라면 악덕은 어리석음과 방종이다.

악덕에 열중해서 살면 빨리 죽고 미덕에 열중해서 살면 장수
한다.

정신과 육체는 때로 나누어져 있지 않다.

그대의 표정과 몸짓에서 그대가 마음에 품고 있는 모든 것이
드러나기 마련이다.

항상 자신의 몸과 마음을 스스로 관찰함으로써 매사에 선함을
유지하라.

 ## 44. 항상 리듬을 타라

세상의 모든 것은 각자의 주파수와 리듬이 있다.

이 리듬에 귀를 기울여라.

높이 솟은 해는 정오가 지나면 기울기 시작한다.

거센 바람도 불기 전에 징조를 보인다.

하물며 사람 사이에도 서둘러야 할 때가 있고 늦춰야 할 때가
있다.

서둘러야 할 때 느긋하게 기다리거나 늦춰야 할 때 다급하게
서두르면 십중팔구 일을 그르치게 된다.

리듬을 잘 타려면 항상 주위를 잘 관찰해야 한다.

누구에게 무엇이 부족하고 무엇이 넘치는지, 나에게 무엇이 부

족하고 무엇이 넘치는지 살펴야 한다.

리듬을 잘 타면 결코 넘어지는 일은 없을 것이다.

45. 마음만큼 겉모습도 중요하다

모든 일은 내적 가치만으로는 족하지 않다.

모든 사람이 다 현자이며 철학자는 아니다.

대부분의 사람들은 자신의 일에만 관심을 가질 뿐 타인의 마음까지 고려하지는 않는다.

때로는 타인에게 관심을 갖는 일 자체를 귀찮아한다.

스치는 사람들의 대다수는 그대의 겉만 보고 그대를 판단할 것이다.

그러니 항상 외모는 깔끔하고 단정하게 가꾸어야 한다.

마음속에 아무리 빛나는 보석을 지녔더라도 외모가 수수하다면 사람들은 그대를 단지 수수한 사람으로 생각할 것이다.

일도 마찬가지다.

묵묵히 성실하게 맡은 임무를 수행하는 것도 중요하지만, 때로는 화려한 발표나 선언도 유용할 때가 있다.

그렇게 함으로써 그대의 존재감을 분명히 하는 것이다.

그렇다고 매사에 드러나는 행동을 하는 것은 어리석다.

사람들이 그대를 한번 인정하면 스스로 말하지 않아도 그들은
그대를 높게 평가한다.

경솔한 자랑은 오히려 그대를 바보로 만들 것이다.

 46. 행동은 최고의 보증서

행동하라.

그대의 존재는 행동함으로써 세상에 드러난다.

사람은 하루에도 몇 번씩 허공에 성을 쌓았다가 내려놓는다.

거창한 계획이 있다면 행동으로 그 계획을 증명하라.

손에 벽돌조차 없는데 성을 쌓을 계획은 하지 말아라.

그대가 가진 능력의 가능한 부분부터 행동으로 옮겨라.

그러면 그대의 능력은 날로 커질 것이다.

오직 행동함으로써 그대의 존재는 빛을 내는 것이다.

보이지 않는 것은 곧 존재가 없음이다.

행동하지 않는 정의는 정의가 아니다.

행동은 그대의 의지와 가치를 드러내는 최고의 보증서이다.

47. 유머는 지혜의 양념이다

가벼운 유머를 적당히 사용하면 엄청난 효과를 발휘한다.

특히 근엄한 집단에서 유머를 사용하는 것은 관계를 완성시키는 촉매로 사용된다.

곤란하고 불편한 주제도 유머를 통해 사람들의 긴장을 완화시키며 재치 있는 유머 한 마디로 일촉즉발의 위기를 벗어나기도 한다.

유머가 전혀 없는 딱딱하고 고압적인 집단을 상상해 보라.

이들이 아무리 훌륭한 생각과 놀라운 창의력을 갖추었다 하더라도 참석자는 모두 질식할 지경에 이를 것이다.

유머는 지도자가 갖추어야 할 중요한 요소 중의 하나이다.

유머는 사람들의 마음을 하나로 모으는 자석으로 작용하고, 고인 물에 생기를 주는 물길과 같은 작용을 한다.

유머러스한 상상력이 없는 사람은 어느 집단에서도 환영받지 못한다.

48. 진정한 어른

내면의 성숙함은 성격뿐만 아니라 그의 외모까지 빛나게 한다.

성숙한 인격은 그 사람에게 위엄을 부여하고 존경심을 불러일으킨다.

그 인격은 아무리 감추려 해도 서서히 번지는 좋은 향수처럼 사람들에게 영향을 미친다.

반면에 아무리 미사여구로 무장하고 좋은 낯빛으로 꾸미려 해도 성숙하지 못한 사람의 얕은 내면은 금세 악취를 풍기기 마련이다.

이런 사람은 만날수록 혐오스럽고 지루해지는 법이다.

마음의 성숙은 인격의 평정심과 온유함으로 나타난다.

인격은 성숙할수록 잘 익은 술처럼 깊고 향기롭다.

만날수록 깊어지며 가까워질수록 예의를 갖춘다.

그저 나이만 먹는다고 어른이 되는 것은 아니다.

어른이 되려면 어른에 걸맞는 인격과 행동을 갖추어야 한다.

인격이 성숙하지 않은 사람은 결코 어른이 될 수 없다.

연륜과 인격이 완성되었을 때 비로소 진정한 어른이 되는 것이다.

 ## 49. 은혜의 미덕

은혜를 베풀 때는 대가를 바라지 말아야 한다.

은혜에 대한 대가를 생각하는 순간 그대는 순수한 인정에서 벗어나 이익을 따지는 장사치로 전락하고 만다.

그것은 차라리 은혜를 베풀지 않는 것만 못하다.

대가를 바라는 은혜를 입은 사람은 그대의 계획을 간파하는 순간 그대에게서 등을 돌릴 것이다.

만약 그것이 거래였다면 상대방은 당연히 대가를 치르려고 할 것이다.

그러나 순수한 의도를 가장한 은혜는 거래와는 성격이 다르기 때문에 상대방은 그대에게 거래의 의무도 지지 않을 뿐 아니라 그대의 인격조차 무시하는 지경에 이를 것이다.

항상 남에게 은혜를 베풀어라.

그러나 그에 대한 보상은 빨리 지워라.

이는 현명한 자들의 수완이다.

남에게 베풀되 베풀지 않은 마음을 갖게 되면, 그대의 호의를 받은 사람은 더욱 고마움을 느끼고 그대를 가슴 깊이 간직할 것이다.

 ## 50. 자연은 위대한 스승

자연의 생성과 소멸에서 삶의 이치를 배워라.

우리가 지금 보고 있는 자연의 생명과 사물은 수십억 년의 세월을 거치며 자신이 갖추어야 할 위치와 모양을 다듬어 온 산물이다.

가장 현실에 알맞은 모습과 자리를 찾은 것이다.

만약 그대가 만물의 비밀에 조금이라도 가까워지길 원한다면 멀리서 찾지 마라.

주변에 자리하고 있는 모든 생명과 사물이 그대의 스승이다.

그들에게서 성숙해지는 법을 배우고 스스로 빛나는 법을 배워라.

알맞은 분수를 배우고 때가 되면 아름답게 떠나는 방법을 배워라.

인간이 위대해지는 것은 현실에서 초월하는 것이 아니라 주변과 현실에 온전히 녹아드는 것이다.

51. 세상의 변화를 받아들여라

자신의 정신을 새롭게 하라.

사람의 마음은 칠 년마다 주기적으로 변한다고 한다.

그러니 자신의 취향을 바꾸고 더욱 고상하게 가꾸어라.

매 칠 년이 지날 때마다 새로운 성품이 들어선다.

이 자연적인 변화를 잘 받아들이고 알맞게 처신하라.

십칠 세에 이른 사람은 공작과 같고, 이십칠 세에는 사자, 삼십칠 세에는 낙타, 사십칠 세에는 뱀, 오십칠 세에는 개, 육십칠 세에는 원숭이가 되고, 칠십칠 세가 되면 아무것도 아니라고 한다.

매번 변하는 성품에 맞추어 그대가 할 일과 하지 말아야 할 일을 잘 구분해야 할 것이다.

때에 알맞은 행동을 할 때 그대의 삶은 풍요로울 것이다.

52. 자신의 명예를 닦아라

사람의 성품은 최소한 자신의 지위보다 뛰어나야 한다.

비록 사회적 지위가 높더라도 성품은 항상 그보다 더 높은 곳에서 은은한 빛을 나타내야 한다.

포용력 있는 사람은 이러한 일을 잘 해낸다.

위대한 마르쿠스 아우렐리우스 황제도 자신의 명예는 군주가 아닌 한 인간으로서 더 빛나 보이는 데 있다고 말했다.

고상한 마음과 하는 일에 자신감이 따른다면 이는 세상에서 더할 나위 없이 좋은 성품이다.

53. 자신의 명망을 지키는 길

가끔 그대가 그 자리에 없음으로써 평판을 유지할 수 있다.

세상의 이치는 참으로 묘한 것이어서 모습을 자주 드러내면 명성이 줄고 보이지 않으면 명성이 늘게 될 때가 있다.

자리에 없을 때 사자처럼 떠받들던 사람이 사람들 사이에 자주 드러남으로써 평범한 인물로 취급되는 경우가 이 세상에는 많다.

실제 만나는 것보다 상상력이 평판을 더 좌우하는 원리가 여기에서 증명된다.

항상 자신을 좋은 평판 한가운데 놓는 사람만이 자신의 명망을 지킬 것이다.

54. 진실을 다루는 기술

진실은 때로 그대를 어렵게 만들 수도 있다.

그렇지만 정의로운 사람은 항상 진실을 말할 때 자신의 모든 것을 걸기도 한다.

그대가 정의로움을 추구한다면 반드시 진실을 다루는 기술이 필요하다.

만일 진실을 잘못 사용하면 가장 쓴 약이 될 수 있으므로 좋은 말과 기교는 진실을 다루는 데 중요한 방법이다.

같은 진실이라도 어떤 자에게는 아첨이 되고 어떤 자에게는 쓴 약이 될 수 있기 때문이다.

진실을 이해할 줄 아는 사람은 그대의 표정만 보고도 진실인지 아닌지 알 수 있다.

그러나 어떤 짓을 해도 통하지 않을 때는 차라리 침묵으로 대하라.

그 순간에는 그것이 그대의 진실이 될 것이다.

 55. 상상력의 힘

상상력은 우리가 누리는 행복을 마음대로 조종할 수 있다.
그리고 우리의 이성조차 순식간에 휘어잡을 수 있다.

상상력은 마치 포악한 폭군처럼 우리 삶을 휘두르기도 하고 그냥 관망하기도 한다.

만족함을 거부할 때도 있고 심지어 우리를 완전히 포박하기도 한다.

그리고 우리를 기쁨이나 슬픔에 몰아넣기도 한다.

상상력은 어떤 사람에게는 늘 고통만을 주면서 그를 멋대로 우롱하고, 어떤 사람에게는 가볍게 미소를 띠면서 늘 행복과 낭만을 선사한다.

 ## 56. 자기 완성

자기 완성에 힘써라.

이 세상에 완전한 사람은 한 사람도 없다.

사람은 매일같이 인격을 닦아야 한다.

모든 능력을 완벽하게 발휘하고 자신의 뛰어난 성품이 발전하여 마침내 자기 완성에 도달할 때까지.

고상한 취미가 생길 때 생각이 맑아지고 판단이 성숙해지며 의지가 순수해질 때 비로소 자기 완성을 느끼게 될 것이다.

 ## 57. 불평

불평은 감정이다.

감정이란 것은 개인의 느낌에 관계된 것이다.

그대가 좀 더 현명하기를 원한다면, 부정적인 감정은 그대 마음의 보관함에 넣고 자물쇠로 꼭꼭 숨기는 편이 낫다.

왜냐하면 개인의 부정적인 감정은 사람들과의 관계에 도움이 되는 경우가 거의 없다.

그대가 느꼈던 좋지 않은 경험에 대한 분노 섞인 감정은 그대의 기분을 바꿔줄 수는 있어도 상황을 바꾸지는 못한다.

좋지 않은 감정은 다른 방법으로 그대의 몸에서 떠나 보내라.

불평을 해서 안 좋은 감정을 내보내면 다른 사람들이 그 감정을 받아들일 수밖에 없다.

게다가 이에 사악한 열정까지 가세하게 되면 그대는 자신뿐 아니라 상대방까지 궁지로 몰아넣는 것이다.

그대의 계획이 좌절되고 마음대로 되지 않더라도 불평하지는
마라.

그 시간에 계획을 새로 수립하라.

만약 불가피한 상황이라면 피하는 방법을 찾는 것이 더 현명
하리라.

58. 침묵은 훌륭한 자제심에서 나온다

침묵은 두뇌의 봉인이다.

비밀이 없는 가슴은 마치 공개된 연애편지와 같다.

그 가치를 인정받기보다는 웃음거리가 되기 쉽다.

상대방이 원치도 않는 호의를 보이거나 상관없는 이야기를 털
어놓는 것은 그대를 더욱 경박하게 만들 것이다.

사물의 근원이 깊은 곳은 비밀도 깊다.

침묵은 훌륭한 자제심에서 나온다.

그대는 앞으로 계획한 일을 상대에게 미리 말할 필요는 없다.

그리고 이미 말했다면 또 다시 말할 필요가 없다.

59. 기억의 속성

잊어버릴 줄 알아야 한다.

그러나 슬프게도 우리는 나쁜 것을 가장 잘 기억한다.

기억은 우리가 그것을 가장 필요로 할 때 냉정하게 우리를 떠날 뿐만 아니라 우리가 그것을 가장 원하지 않을 때 얄밉게도 반드시 우리에게 찾아온다.

기억은 우리를 고통스럽게 하는 일에는 지나치게 친절하면서 정작 우리를 기쁘게 하는 일에는 몹시 게으르다.

고통의 기억이 오래 남는 것은 그대의 미련이 그곳에 자리하고 있기 때문이다.

이루지 못한 꿈, 이루어지지 않은 사랑, 상처를 준 사람과 오욕의 일들이 그대를 괴롭힌다.

아쉬움과 이루지 못한 욕망은 내내 그대를 괴롭힐 것이다.

안 좋은 기억을 잊는다는 것은 좋지 않았던 그대의 욕망과 오욕을 그대에게서 떠나보내고 그대를 용서하는 일이다.

잊는다고 쉽게 잊을 수 있다면 세상에 괴로운 사람은 없을 것이다.

그대를 먼저 비워라.

자연히 그대를 괴롭히던 기억도 사라질 것이다.

 60. 행복과 명성의 의미

우리에게 찾아오는 행복은 일시적이지만 명성은 지속적이다.

행복은 현실을 위한 것이고 명성은 곧 내일을 위한 것이다.

행복은 바라는 것이고 명성은 얻는 것이다.

명성에 대한 소망은 그 가치에서 우러나온다.

명성과 여신은 언제나 빼어나고 기괴한 것, 이상하거나 혐오스
러운 것 또는 모든 갈채의 대상이 되는 것의 뒤를 따른다.

 61. 올바른 시간 활용법

오늘 이 자리에서 내일을 깊이 생각하라.

그렇다고 내일을 그리는 그 일에 흠뻑 빠져들지는 마라.

그것은 오직 망상일 뿐이다.

그대가 내일을 생각하고 있음을 잘 알아차리면서 생각하라.

그러면 미래를 위한 현재의 시간은 최고의 지혜를 찾는 시간이 될 것이다.

자신이 지금 무엇을 살피는지 잘 알고 있는 사람에게는 아무런 사고나 위험도 없다.

늪 속에 목이 빠질 때까지 결코 생각을 미루지 마라.

앞을 내다보고 재빠르게 손을 써라.

잠자리의 베개는 말 없는 예언자이다.

어떤 일을 시작하기 전날 밤 잠들기 전에 생각하는 것이 시작하고 나서 일이 잘못되었을 때 생각하는 것보다 훨씬 낫다.

세상을 살아가는 것 자체가 생각의 연속이어야 한다.

이는 올바른 길을 잃지 않기 위해서 반드시 필요하다.

62. 친구

친구는 평생을 함께하는 동반자이자 그대 인생의 등불이다.

친구는 그대를 비추는 거울과 같다.

사람을 알려면 그 사람의 친구를 보라는 말이 있다.

어리석은 친구를 만나면 그대도 어리석어질 것이고, 슬기로운 친구를 만나면 그대 또한 슬기로워질 것이다.

때로는 가족이나 친구보다도 가까운 존재가 바로 친구이다.

친구는 그대의 인생을 찬란히 빛나게도 하고 끝없는 나락으로 내몰기도 하는 존재다.

하지만 모든 이가 그대의 친구가 되지는 않는다.

그대의 친구로 가장해 그대의 이익을 취하려는 이도 있다.

진정한 친구를 만나기 위해서는 매우 신중해야 하는 이유다.

먼저, 진정한 친구는 서로 순수한 마음으로 만나야 한다.

서로의 이익에 관련하여 만난 친구는 일이 끝나면 서로 필요를 못 느끼므로 이내 헤어진다.

또한, 진정한 친구는 서로 배려하는 마음이 있어야 한다.

상대방을 배려하지 않는 이기심은 아무리 좋은 친구를 만나더라도 마음의 불균형으로 인해 결국 헤어지게 만든다.

마지막으로, 진정한 친구는 변치 않는 한결같은 믿음이 있어야 한다.

서로 떨어져 있다 만나도 어제 헤어진 친구를 만난 것처럼 변치 않는 마음과 서로에 대한 믿음이 있어야 한다.

인생에 좋은 친구를 만나는 것은 귀한 보배를 얻는 것과 같다.

만약 그대가 좋은 친구를 얻기를 원한다면 그대가 먼저 좋은 사람이 되어야 할 것이다.

그러면 그대의 향기를 따라 좋은 친구가 먼저 그대를 찾아올 것이다.

 63. 나쁜 일을 해야 할 경우

좋은 일은 그대를 위해, 나쁜 일은 모두를 위해 하라.

좋은 일을 하는 그대는 사람들의 호의를 얻고, 나쁜 일을 하는 그대는 사람들의 원망을 살 것이다.

나쁜 일은 하지 않는 것이 옳다.

모두에게 나쁜 일이라면 더더욱 하지 말아야 한다.

하지만 나쁜 역할도 모두를 위한 것이라면 상황은 다르다.

모두가 하기 싫어하는 악역을 그대가 감수할 때 그대가 속한 집단의 사람들은 그대에게 감사할 것이다.

중요한 것은 나쁜 역할에 대한 상식적인 판단은 그대가 먼저 해야 한다는 것이다.

작은 집단의 사소한 이익을 위해 나쁜 역을 자처하지는 말아야 한다.

그것은 스스로를 망치는 지름길이다.

더 넓고 큰 뜻을 위한 나쁜 역할이라면 그대 자신을 과감히 던져라.

그대의 측근조차 그대를 비난하더라도 꼭 해야 할 일이라면 그대가 잠시 불편하더라도 행하는 것이 좋다.

당장의 이익과 불안한 조바심 때문에 침묵한다면, 그대가 행한 좋은 일들이 모두 쓸모없는 것들로 변할 수도 있다.

64. 일의 양면성

세상을 살면서 즐길 수 없는 일을 가급적 피하라.

세상의 모든 일에는 반드시 양면성이 있다.

아무리 좋고 유리한 것이라도 그 칼날을 붙들면 고통이 되고,

적대적인 것이라도 그 손잡이를 잡으면 방패가 될 수 있다.

처음에는 그 장점만 보고 몹시 기뻐하다가 나중에는 후회하는 사람이 많다.

세상의 모든 일에는 반드시 유리한 쪽과 불리한 쪽이 있다.

그 중 유리한 것을 골라내는 것이 자기의 수완이다.

그래서 어떤 사람들은 모든 일에 만족하고, 어떤 사람들은 모든 일에 근심하는 것이다.

 # 65. 시대의 흐름에 따라라

시대의 흐름에 따르도록 노력하라.

지식조차도 유행을 따르게 마련인데 유행에 둔감한 것은 자신의 무식함을 드러내는 것과 같다.

현대식 취향을 따르고 이를 더 높이 완성하기 위해 노력하라.

현명한 자는 몸과 마음의 치장에서 비록 과거의 것이 더 좋아 보이더라도 현재에 곧잘 순응한다.

유행에 맞는 형식은 더 많은 소통에 유리하다.

그러나 그대 마음속의 소중한 가치는 변치 않아야 한다.

더불어 살기에 필요한 도덕과 배려는 인류가 멸망하지 않는 한 소중한 가치로 남을 것이다.

 ## 66. 불행을 나누어라

자신이 겪는 불행을 같이 나눌 사람을 항상 곁에 두어라.

그러면 혼자서 위험을 맞이하지도 않을 것이고 남의 증오도 홀로 감당하지 않게 되리라.

어떤 사람은 위에서 내려온 영예를 혼자서 삼켰다가 나중에 공적인 불만까지 혼자서 몽땅 짊어지는 경우가 있다.

운명이나 대중적 비난도 두 사람을 한꺼번에 공격하기는 쉽지 않다.

그래서 현명한 의사는 환자의 치료에 실수가 있었을 경우 그 환자를 밖으로 같이 들어내 줄 사람을 구하는 것이다.

67. 한쪽으로 치우치지 마라

뛰어난 인물을 만드는 세 가지 요소는 풍부한 재능과 성찰, 그리고 고귀한 취향이다.

이를 갖추는 것은 하늘이 준 최고의 선물을 받는 영광스러운 일이다.

무엇이든 한쪽으로 치우치지 않게 사물을 파악하는 것이 중요하다.

눈을 두리번거리며 어두운 곳에서도 사물을 잘 파악해내는 사람이 있다.

그런 사람은 지금 이 순간 자신에게 무엇이 가장 중요한지 금세 스스로 깨닫고 곧장 그 일에 착수한다.

그가 거두는 수확은 참으로 크다.

뿐만 아니라 고귀한 취향을 가지는 것은 사람이 흐트러짐 없이 한결같은 고결함을 유지하는 무게중심 역할을 하는 중요한 요소다.

뛰어난 재능과 성찰을 갖추었더라도 천박하고 이기적인 취향을 갖는다면 좋은 재료를 가지고서 엉망인 음식을 만드는 것과 같다.

좋은 술은 좋은 부대에 담아야 품격이 유지된다.

 ## 68. 미루지 마라

세상의 많은 사람들은 먼저 휴식을 취하고 노력은 미루는 경향이 있다.

그러나 세상의 일은 약속도 없이 우리를 갑자기 찾아온다.

보통 중요한 것은 앞에 오고 그렇지 않은 것이 그 뒤를 따른다.

어떤 사람은 싸우기도 전에 승리하려고 한다.

또 어떤 사람은 별로 중요하지 않은 일은 열심히 배우면서 정작 중요한 것을 배우는 일은 자꾸만 뒤로 미룬다.

이들은 아직 행운을 붙잡으러 올라가지도 않았는데 벌써부터 현기증으로 비틀거린다.

먼저 배우고 때를 기다려야 한다.

인생을 배우고 사는 데도 순서를 아는 지혜가 필요하다.

69. 정의는 반드시 승리한다

어떤 상황에 처해도 항상 정의를 가슴에 새겨라.

정의로운 사람은 항상 옳은 사람의 편에 자리한다.

사람들의 열정도, 왕의 군사력도 결코 정의를 허물어뜨리지는 못한다.

그러나 이 정의를 진정으로 따르는 사람들은 많지 않다.

정직을 칭찬하는 사람은 많지만 그 이면을 살피면 정작 자기 자신들은 그렇지 않은 경우가 많다.

어떤 사람들은 스스로 위태로울 때까지 정의를 추종한다.

때때로 위선자들에 의해 부인당하고 정치가들에 의해 배신당

한다.

정의는 우정이든 권력이든 이익이든 절대로 고려하지 않기 때문이다.

바로 여기서 정의는 사람들에게 거부당하는 위험에 빠진다.

교활한 자들은 더 높은 지위에 있는 사람들이지만, 나라 일에 어긋나지 않는 그럴듯한 이유로 정의를 추상화시킨다.

그러나 정의를 고집하는 사람은 어떤 속임수도 배신으로 간주한다.

그는 자신의 지혜 앞에서도 절대 굴하지 않는 정신에 더 가치를 둔다.

무리가 있는 곳에는 항상 정의가 있기 마련이다.

정의로운 사람이 만일 자신의 충성심을 바꾼다면, 이는 그가 변절해서가 아니라 그쪽의 변덕 때문이다.

그쪽은 사전에 이미 진리에서 벗어난 것이다.

70. 자신의 결점을 월계관으로

사람들에게 자신의 결점을 함부로 드러내지 마라.

이는 곧 자신의 완벽함을 위한 필수조건이다.

세상을 살면서 육체적으로나 정신적으로 결점이 없이 사는 사람은 없다.

사람들은 그런 남의 결점을 인간적으로 여기기도 하지만 치명적인 약점으로 여기기도 한다.

우리의 명성을 해치는 결점도 마찬가지다.

적의는 그 결점을 재빨리 발견해 내고 좀처럼 그것을 놓지 않는다.

그러나 만약 그런 결점을 장식품으로 치장하는 기술을 가졌다면 이는 매우 좋은 수완이다.

로마의 시저는 자신의 육체적 결점을 월계관으로 장식할 줄 알았던 위대한 위인이었다.

기. 진리의 속성

정보를 얻을 때는 반드시 신속하라.

사람은 세상의 온갖 정보를 들으며 살아간다.

우리가 눈으로 직접 볼 수 있는 것은 그리 많지 않다.

그러나 우리는 진리와 믿음으로 살 수밖에 없다.

우리의 귀는 진리에 대해서는 쪽문이고 거짓말에 대해서는 대문과도 같다.

그러나 진리는 대부분 눈으로 목격되는 것이어서 귀에 들리는 경우는 몹시 드물다.

진리가 순수하게 왜곡되지 않고 우리에게 직접 도달하는 경우는 드물다.

그 오는 길이 더 멀 때는 더욱 그렇다.

진리는 거치는 곳마다 거의 어김없이 흥분과 온갖 감정에 오염되고, 정열은 그것이 스치는 모든 것에 색깔을 덧입힌다.

그것은 항상 상대에게 어떤 인상을 남기려고 한다.

그러니 자신을 칭찬하는 자에게는 조심스레 귀를 기울이고, 비난하는 자에게는 더 큰 조심성으로 귀를 기울여라.

우리는 세상의 모든 것에 주의를 세심하게 기울여야 한다.
사실을 전달하는 자의 의도를 잘 밝혀 그가 내딛는 걸음보다
한발 앞서기 위해서 말이다.

 ## 72. 말을 삼가라

인간이 세상을 살면서 말을 삼가는 것은 가장 현명하고 안전
한 길이다.
그대의 입 안에 있는 혀는 마치 야수와 같다.
한번 날뛰기 시작하면 그것을 다시 잡아매기는 지극히 어렵다.
가장 삼가야 할 사람이 가장 그렇지 못할 때가 최악이다.

73. 교육이 곧 사람을 만든다

인간은 야만인으로 이 세상에 태어났지만 교육으로 인해 야만
성에서 벗어난다.

자식들에 대한 열렬한 교육열 덕택에 그리스인들은 외국인들
을 야만인이라고 부를 수 있었다.

이 세상에 지식보다 더 우아한 것은 없다.

그러나 지식은 멋을 잃으면 꼴불견이 된다.

우리의 지식뿐 아니라 의지와 말도 또한 우아해야 한다.

생각 · 말 · 몸을 치장할 때 자연스러우며 안팎으로 부드럽고
온순해 보이는 사람들이 있다.

이것은 곧 나무 껍질에 비유된다.

어떤 사람들은 너무 거칠어서 자신이 가진 빼어남조차 야만적
인 방법으로 연출하는 사람들이 있다.

74. 문제점을 드러낼 필요는 없다

국가 간에도 문제점은 될 수 있는 한 감추기 마련이다.

아무리 교육 수준이 높은 국민이라도 이웃 나라한테 잘못이 없는 국민은 없다.

이웃 나라들은 자신들의 잘못을 다른 나라의 잘못으로 위로하려 한다.

그러므로 자기 나라 국민의 결점을 고치거나 감추는 것이 좋은 방법이다.

그러면 누구에게서나 훌륭한 평판을 얻을 수 있다.

이것은 가정에서도 마찬가지다.

가정, 직장, 사회 그리고 자신이 현실에서 저지르는 잘못의 경우에도 마찬가지다.

이것이 억제되지 않고 계속해서 쌓이면 도저히 견딜 수 없는 괴로움을 낳는다.

75. 자신의 품위를 지켜라

자신의 품위 유지에 큰 지장이 없는 한 상대에게 동조하라.

그렇다고 자신의 콧대를 높이기 위해서 남을 무시해서는 안 된다.

상대에게 호감을 사기 위해 자존심을 꺾어도 지장은 없다.

그들이 좋아하는 것을 함께 마음껏 즐겨라.

그렇다고 품위를 잃으면 안 된다.

사람은 오랫동안 진지하게 애써 모은 것을 한순간의 경솔한 언행으로 한꺼번에 잃어버릴 수 있기 때문이다.

자신을 항상 고립시키지는 마라.

그리고 너무 진지한 방법으로 사람들을 대하지 마라.

세상에는 종교적인 진지함조차도 매우 역겹고 우스워 보이는 장소와 때가 있다.

76. 통치력은 빼어난 수단이다

사람의 타고난 통치력은 그 자신의 타고난 능력이다.

그러므로 혐오스러운 수단으로 얻어서는 안 된다.

통치력은 경의로운 천성에서 반드시 우러나와야 한다.

대중은 그의 천품에 반드시 굴복하며 그 권위를 시인한다.

이렇듯 뛰어난 정신은 왕과 같은 가치, 사자와 같은 우선권을
지닌다.

그는 사람들에게 불러일으키는 경외심으로 사람들의 마음과
이성을 단번에 사로잡을 수 있다.

그들에게 다른 능력도 주어졌다면 그들은 국가체제를 움직여
갈 지렛대가 될 것이다.

그들은 다른 사람들이 연설로 얻는 효과보다 더 큰 효과를 표
정 하나만으로도 쉽게 얻을 수 있기 때문이다.

77. 용기

인생의 핵심 요소는 곧 용기이다.

죽은 사자의 갈기는 토끼도 물어뜯을 수 있다.

하지만 대개의 삶은 매 순간 크고 작은 용기를 필요로 한다.

최후의 승리를 위해 쓰는 힘을 처음부터 썼더라면 훨씬 더 많은 것을 달성할 수 있었을 것이다.

정신의 용기는 육체의 근력을 훨씬 능가한다.

나약한 정신력은 쇠약한 육체보다 더 많은 것을 훼손시킨다.

뛰어난 능력을 지닌 많은 사람들이 자신의 정신력이 고갈되면 죽은 사람처럼 살며 무위 속에 갇혀 일생을 마친다.

육체도 힘줄과 뼈를 가졌는데 하물며 정신을 두고 눈에 안 보이는 그 무엇이라고 말할 수 있겠는가.

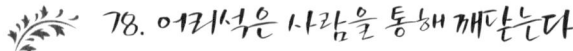

78. 어리석은 사람을 통해 깨닫는다

어리석은 자를 곁에 두지 마라.

그리고 어리석은 자를 알아보지 못하는 사람 또한 바보이다.

바보인 줄 알면서도 자신을 그에게서 멀리하지 못하면 더 바보이다.

어리석은 자들을 일반적인 교제에서는 위험하고, 신뢰가 필요한 교제에서는 부패하기 쉽다.

주변 사람 모두가 조심하고 신중하더라도 그는 결국 어리석은 짓을 저지르고 만다.

그런데도 주변 사람이 그때까지 참는 것은 그렇게 하면 좀 더 고상하게 보일 것이라고 착각하기 때문이다.

그들에게도 장점이 하나 있다.

즉 우둔한 자에게 현명한 자는 도움이 안 되지만, 우둔한 자는 현명한 자에게 큰 도움을 줄 수 있다.

현명한 자는 우둔한 자의 행동을 보고 깨달음에 이르고, 우둔한 자를 거울로 삼아 자신을 단련할 수 있기 때문이다.

79. 마음의 중심이 분명한 사람은

항상 기쁜 소식을 전해 주는 사람이 되라.

이것은 그대의 긍정적 취향을 증명한다.

그들은 평소에도 그대가 세상에서 가장 좋은 것을 발견해 낼 줄 안다고 생각하게 된다.

오늘 좋은 것을 알아본 사람은 내일도 이를 잘 알아본다.

그대 주위의 사람이나 사물 중에서 완벽한 것을 알아주고 존중하는 것은 참으로 아름다운 예의이다.

반면에 늘 나쁜 소식을 전하는 사람 중에는 그다지 나쁘지 않은 자를 헐뜯기 좋아하는 사람이 있다.

다른 사람을 나쁘게 말하는 것이 결국은 자신에 대한 상처임을 모르는 것이다.

그러나 마음의 중심이 분명한 사람은 누군가의 과장된 이야기에 결코 용기를 잃지도 않고, 어떤 사람의 아첨에도 들뜨는 일이 없다.

80. 취향의 선택

모든 일에서 최선의 것을 얻어라.

꿀벌은 꿀을 모으기 위해 단 것에 달려들고, 뱀은 독을 모으기 위해 쓴 것에 달려든다.

어떤 사람들의 취향은 나쁜 쪽으로 곧장 향한다.

어떤 일에서든 뭔가 좋은 부분이 있기 마련이다.

특히 생각의 산물인 책은 더욱 그렇다.

많은 사람들은 늘 불행한 생각만을 갖고 있어 천 가지 완벽함 속에서도 단 한 가지 잘못이 있으면 이를 모두 끄집어내어 질 책하고 떠들며 다른 사람들이 이미 폐기처분한 정신들을 열심 히 수집한다.

그리고 남의 잘못을 일일이 기록하며 불완전한 것을 그들 인 생의 양식으로 삼으면서 슬픈 인생을 살아간다.

가장 좋은 취향을 가지도록 노력해라.

취향의 향기는 어느새 그대의 몸과 정신에 스며들어 그대를 향기롭게 할 것이다.

81. 세상에 떠도는 상식

세상을 살아가는 동안 바람직한 지식을 항상 지녀라.

사물에 대한 분별력이 있는 사람은 우아하고 품위 있는 책을 많이 읽어 자신을 단단히 무장한다.

그리고 시대에 걸맞는 지식을 갖추어 고루함을 스스로 벗는다.

그들은 비범한 방법으로 실천한다.

현명한 자들은 자신이 적절한 때에 쓰기 위해 기지와 지혜를 자신의 혀에 비축한다.

그래야 좋은 충고를 재치 있는 말로 더 잘 나타낼 수 있기 때문 이다.

때로는 세상에 떠도는 상식이 대학에서 가르치는 학문보다 살아가는 데 더 많은 도움이 된다.

그 학문이 아무리 자유의 정신에 바탕을 둔 것이라 할지라도.